KB039986

벽이 문이 되는 순간

벽이 문이 되는 순간

초판 1쇄 인쇄 2019년 8월 26일
초판 1쇄 발행 2019년 8월 30일

지은이   김시래
펴낸이   정해종

책임편집   김지환   편집   강지혜·김지용
마케팅   고순화   경영지원   이은경
디자인   책은우주다   본문일러스트 한성욱
제작   정민인쇄
펴낸곳   ㈜파람북
출판등록   2018년 4월 30일 제2018-000126호
주소   서울특별시 마포구 양화로12길 8-9, 2층
전자우편   info@parambook.co.kr   인스타그램 param.book
페이스북   www.facebook.com/parambook/   네이버 포스트 m.post.naver.com/parambook
대표전화   (편집) 02-2038-2633   (마케팅) 070-4353-0561

© 김시래, 2019
ISBN 979-11-90052-10-8 03810

벽이

질주하는 시대의 등에 올라타는 창의적 발상법

문이 되는

순간

김시래 지음

파람북

프롤로그

포노 사피엔스가 살아가는 법

　산업통상자원부가 발표한 '유통업체 매출 동향'에 따르면, 온라인 매출이 14.1%가 늘고 오프라인 매출액은 2.9%가 줄었다. 비단 유통의 영역만은 아니다. 소비자의 구매 행태뿐 아니라 문화에서도 이런 경향이 가속화하는 중이다. 포노 사피엔스는 스마트폰으로 이동하고 즐기고 주문하고 결제한다. 발품의 수고도, 불안의 문제도 사라졌다. 스마트폰이 생활의 플랫폼이 되고 비즈니스의 도메인이 되었다. 스마트폰을 적극적으로 활용하지 않는 계층을 고려하더라도, 우리는 이미 자의반 타의반 포노 사피엔스로 개종한 인류임을 부인할 수 없다. 지금 스마트폰의 위치를 확인해보면 의심의 여지가 없다. 스마트폰은 늘 손안에 있거나 손에 닿는 곳에 놓여 있을 테니 말이다.

어차피 사용하는 스마트폰이라면 좀더 '스마트'하게 활용해야 하지 않을까. 무엇보다 스마트폰을 데이터나 정보 축적을 위한 필살의 무기로 삼을 필요가 있다. 자신에게 최적화된 방식으로 필요한 정보를 분류해 저장하고 활용한다면, 스마트폰은 생각보다 큰 힘을 발휘하는 삶의 무기가 된다.

자신의 기억은 자신만의 것이다. 당신이 몸으로 체감하고 감수한 기억은 누구도 흉내 낼 수 없는 유일무이한 관점이 된다. 수시로 기록된 기억의 퇴적물은 어느 날 당신이 품고 있는 갈증을 해결할 생명수가 된다. 스마트폰에 대한 대부분 부정적인 여론은 게임에 중독되거나 SNS에 매달려 시간과 인생을 낭비하는 데 집중되어 있다. 모든 것이 마음먹기에 달렸듯이 물건도 쓰는 사람에 달렸다. 스마트폰에는 친절하게도 최신 뉴스를 공짜로 전해주는 친구들이 부지기수다. 발품을 팔고 비용을 지불해야만 얻을 수 있는 고급 정보들이다. 오늘날 대중은 평범한 사람들의 특별한 이야기에 열광한다. 셀럽보다는 인플루언서나 크리에이터의 시대다. 생각과 감각의 노화 방지를 위해 그들의 최신 뉴스를 매일 수혈받아야 한다.

돌아가는 팽이를 보면 안다. 에너지도 중요하지만 균형감각이 사라지면 쓰러지고 만다는 것을. 인생도 일도 마찬가지다. 액정 안의 디지털 세상과 친해졌다면, 이제 세상으로 걸어 나가야 할 차례다. 두 발로 걷고 온몸으로 부딪혀 낯선 풍경들과 마주해야 한다. 산책과 여행은 인간만이 가진 사고와 묵상의 특권이다. 그 속에서 생각의 씨앗들이 발아하고 꽃이 피어나고 열매를 맺는다. 산책은 당신이 품었던 생각을 반죽하고 발효시키는 깊이의 시간이며, 여행은 익숙하고 무던했던 감각들을 휘저어 다채로운 심상과 또 다른 열정을 잉태하는 넓이의 시간이다. 우리는 산책과 여행을 통해 디지털 세상의 번잡스러운 정보가 서로 알맞은 자리와 순서를 찾아 결합해 특별한 관점으로 변화하는 새로운 경지를 맞는다. 물론 디지털 세계의 피로를 덜어주고 인간다운 삶을 유지할 오아시스가 되기도 한다.

직장을 잃고 실의에 빠져 있을 때, 우연히 선배의 사무실에서 한 권의 책을 만났다. 하워드 스티븐슨 교수가 지은 『하워드의 선물』이다. 하워드 스티븐슨은 지금 넘어진 그 자리가 자신의 전환점이며, 위대한 도전자들은 용감한 것이 아니라 단지 용기를 선택한 것이라고 했다. 인생에는 어려운 때가 반드시 있으며, 당장의 만족보다는 남기고 싶은 유산을 위해서 어려움을 딛고 나아가라고도 덧붙였다. 나는 그가 말한 그 길로 떠났고, 그때의 선택에 결정적 동기를 마련해준 그에게 지금도 감사하고

있다. 그 시간 동안 많은 책을 섭렵하며 고전과 인문은 어떤 불행에서도 살아갈 힘을 준다는 말을 실감했다

빅터 프랭클의 『죽음의 수용소에서』에서 아우슈비츠에서 살아남은 사람들은 매일 면도를 거르지 않은 사람들이었다고 한다. 그들은 언젠가 나를 구해주리라는 막연한 희망에 기대거나, 가스실로 끌려가는 사람들을 보며 공포에 젖어 일상을 포기해버린 사람이 아니다. 상황이 어떻게 변하더라도 중요한 것은 오늘의 삶이라고 굳게 믿는 사람들이었다. 그래서 세수나 면도를 거르지 않고 건강을 유지할 수 있었으며, 당연히 노동력이 필요한 독일군은 이들을 계속 살려두었다. 지금 당신의 자리에서 마주친 것에 최선을 다하는 것, 그것만이 진실이고 진심일 것이다. 오늘이 모여 한 사람의 인생이 되고 한 시대가 만들어진다.

포노 사피엔스, 인공지능, 사물인터넷, 블록체인 등 눈만 뜨면 새로운 개념이 생겨난다. 세상을 움직이는 아이디어의 가속도가 눈부실 지경이다. 그런데도 학교에선 낡디낡은 강의록을 바탕으로 심리학 이론이나 광고 철학을 가르치고 있고, 서점에는 처세와 위로를 전파하는 베스트셀러들이 차고 넘친다. 디지털 시대를 지혜롭게 건너갈 새로운 발상의 방법론이 필요했고, 나는 고답적인 이론의 틀에서 벗어나 현장에서 벌어지는 사건

과 사람에 주목했다. 하루가 멀다 하고 뒤바뀌는 사실과 진실의 숨은 그림자는 오늘 현장에 있기 때문이다.

이 책은 지난 3년간 한 광고인이 광고회사 대표와 대학교수와 기업자문위원으로 활동하면서 길거리에서 만난 사건과 사람들에게서 얻은 관찰의 기록이며 통찰의 결과물이다. 당신이 오늘 겪은 삶의 현장에서 추론과 연상을 통해 세상을 바라보는 안목을 키우고 새로운 발상과 독특한 관점을 찾는 마중물이 되기 바란다. 그리고 개인주의와 디지털 세상의 각박함과 번잡함 속에서 따뜻하고 아름다운 아날로그적 감성을 잃지 마시길 바란다. 부디.

2019년 늦여름에
김시래

시대의 흐름 위에 올라타기

그때도 맞고 지금도 맞는 것

3장

4장

지금 당신 앞의 사람

1장

고등어
비린내를
없애는
방법

발상의 천재를
살리는 법

빅 아이디어는 솔루션의 추진력이 되는 의도, 정보와 데이터를 분석하고 관찰하는 추론, 연상과 결합에 의해 맥락을 바꾸는 전환 과정을 거친다. 그리고 과정마다 생각의 파편이 기록과 축적, 발산되는 융합의 과정을 거친다. 창의력에 유형이 있는 이유가 여기에 있다.

먼저 의도 발산형이다. 캐릭터로 보면 노홍철 같은 사람이다. 돈키호테처럼 좌충우돌하면서 전진한다. 먼저 움직이고 생각은 따라온다. 경험을 통해 배우는 스타일이다. 자수성가형 CEO에 이런 유형이 많다. 두 번째는 관찰지향형이다. 김구라 같은 이들이다. 꼼꼼히 따져보고 해결책을 찾는다. 큰 실패도 없고, 큰 성공도 없다. 안정적이다. 참모형의 재무관리자나 정책 관리자가 많다. 세 번째로 김건모 같은 연상주도형도 있다. 분석 결과에 대한 그의 해석은 남다르다. 심지어 엉뚱해서 인과의 개연성이 안 보인다. 일단 남과는 다르니 얻어걸리면 대박이다. 역발상의 천재들은 대부분 여기에 속한다. 마지막으로 융합형의 대가가 있다. 유재석 같은 부류다. 다른 생각을 거르고 모아 또 다른 생각을 만들기 때문에 에너지를 많이 소모하지 않는다. 오래가고 주위와 조화롭다. 타고난 리더십으로 생각을 끌어내는 사람들이다.

몰입과 창조성의 전문가 미하이 칙센트미하이 교수는 창의성은 개인적 수준의 창의성뿐만 아니라, 그 사람이 일하는 영역의 특성과 환경이 크게 영향을 미친다고 했다. 수출로 국가 경쟁력을 갖춰야 하는 현실을 고려하면, 우리에게 사고의 창조성은 숙명과도 같다. 4차 산업혁명의 시대를 앞두고 더욱더 그러하다. 그러나 생각해보자. 우리에게는 천재를 만들어내는 조직 문화가 있는가? 쉽게 말해 글로벌 수준의 삼성전자를 선택한 외국의 창의적 전문가들이 쉽게 떠나는 이유는 무엇인가?

여러 연구를 보면 발상의 천재들은 모순된 성격의 소유자들이다. 활력이 넘치면서도 조용한 휴식을 즐기는, 명석하되 순진한 구석을 지닌, 장난기가 그칠 줄 모르면서도 진지한, 무책임한 듯 보이지만 꼭 필요한 순간에는 밤을 새워서라도 끝내고 마는,

겸손한 태도를 보이지만 자존감을 잃지 않는, 현실감을 놓지 않으면서 엉뚱한 상상력을 갖춘, 개혁적이면서도 전통의 가치를 인정하는 사람이라는 것이다. 당신 주변에도 이런 사람이 있다. 당신의 평가는 무엇인가? 당신의 조직에는 이런 사람을 존중하는 문화가 있는가? 혹시나 속을 알 수 없다고, 꼴값을 떤다고, 조직을 해를 가할 사람이라고 손가락질하지는 않았는지.

조직의 인재들이 창의성을 발휘할 무대를 마련해주어야 한다. 놀이터 같은 일터의 의미도 거기에 있다. 놀이는 기본적으로 무책임하고 자율적이다. 그래서 몰입하고 빠져들 수 있다. 그러나 놀이에도 규칙이 있다. 반바지를 입고 출근한다고, 천장에 모빌을 설치한다고 창의성의 문화가 생겨나는 것이 아니다. 먼저 그들의 양면적인 성향과 가치를 존중하라. '조직 전체'를 위한다는 말로 열 사람의 범인이 한 사람의 초인을 쫓아내게 두어선 안 된다는 이야기다.

당신의 머릿속
이야기

1848년 9월 13일 미국 버몬트주, 철도 공사장의 감독관 피니어스 게이지가 폭발 사고를 당했다. 1*m*짜리 쇠 막대기가 그의 왼쪽 뺨에서 오른쪽 머리 윗부분으로 뚫고 지나갔다. 그는 이 사고로 왼쪽 대뇌 전두엽 부분에 심각한 상처를 입었다. 게이지가 25세 때 당한 일이다. 한 달 뒤 그는 기적적으로 회복했고, 4개월 뒤 그는 현장에 복귀했다. 겉으로는 멀쩡했지만, 점점 다른 모습을 보였다. 밥을 먹고 옷을 갈아입는 등 일상생활은 정상이었다. 문제는 일하거나 동료들과 어울릴 때다. 수시로 욕설을 내뱉고 이기적인 행동을 보였다. 말도 앞뒤가 안 맞고, 상황 판단력도 예전 같지 않았다. 그의 직장 생활은 일그러지기 시작했다. 종합적 상황 판단을 담당하는 전두엽이 파괴되어 문제해결 능력을 상실했기 때문이다.

벽이 문이 되는 순간

전두엽은 고차원적인 문제를 해결할 때 종합적인 사고력을 발휘한다. 두뇌의 CEO이자 생각의 관제탑인 전두엽을 파괴당한 피니어스 게이지가 비상식적이고 부적절한 업무 처리로 정상적인 직장 생활을 하지 못한 건 당연한 일이다.

프로비즈니스맨에게 창의력이란 문제 해결 능력이고, 이는 추론과 연상의 과정이다. 추론이란 사물과 사건의 인과를 관찰하고, 패턴을 읽어내 유사성을 발견하는 능력이다. 그리고 연상은 추론을 통해 발견한 데이터나 정보를 새롭고 가치 있는 개념으로 맥락을 전환하는 능력이다. 증기기관을 생각해보자. 제임스 와트는 흔들리는 주전자 뚜껑을 보고 액체가 기체로 변하면 에너지가 생긴다고 추론했다. 그는 이를 이용해서 피스톤의 직선 운동을 바퀴의 수평 운동으로 바꾸어 증기기관을 연상해냈다. 결국 유사성을 발견하는 관찰력과 발견한 관점을 전혀 다른 개념이나 상징으로 전환하는 연상력이 비즈니스 세계의 창의성이다.

여기에 하나 덧붙일 중요한 이야기가 있다. 혁신적 아이디어의 산실 IDEO의 사무실 지하에는 공장이 있다. 디자이너가 자신이 디자인한 제품을 실제로 만들어보고 직접 사용해서 고객의 불편함을 체험한다. 지금 모든 기업이 고객 현장으로 달려가고 있다. 변화와 가속도의 시대, 현장에서 검증되지 않은 아이디어는 무용지물이기 때문이다. 물론 인문적 소양은 단단한 기초 체력을 위해 필수다. 독서와 영화를 즐기고 여행을 떠나라. 다만 오늘 당신이 만나는 사람과 마주한 사건에 주목하라. 그 속에 생각의 돌파력이 있다. 지금 당신 옆으로 아이디어가 지나간다. 트렌드를 읽고 트렌드의 선두에 서라.

벽이 문이 되는 순간

가을은
미아리 점집이다

아이디어^{Idea}의 기원은 이데아^{Idea}다. 그 관계에 대해 다양한 해석이 나올 수 있겠지만, 비즈니스 세계에선, 이상^{Idea}적인 목표에 도달하는 가장 확실한 통로가 창의성^{Idea}이라고 해도 무방하다. 아이디어는 기업 현장의 비즈니스맨에게 문제 해결 능력과 직결된다. 문제를 마주한 우리는 분석하고 파악하는 관찰의 단계를 거친다. 검색 포털을 뒤지든 발품을 팔든 데이터나 필요한 정보에서 솔루션이 가능한 자료를 만든다. 핸드폰만 있으면 하버드대학교의 논문도 찾아낼 수 있는 세상이라 경쟁자도 비슷한 수준의 자료를 얼마든지 손에 넣을 수 있다. 이 과정에서 승부가 나는 경우는 드물다는 이야기다. 승부처는 펼친 자료에서 그들과는 다른 해결 방법을 발견하는 단계다. 엇비슷한 자료에서 자신만의 해석력을 발휘해야 한다. 그래서 남다른 의미와 관

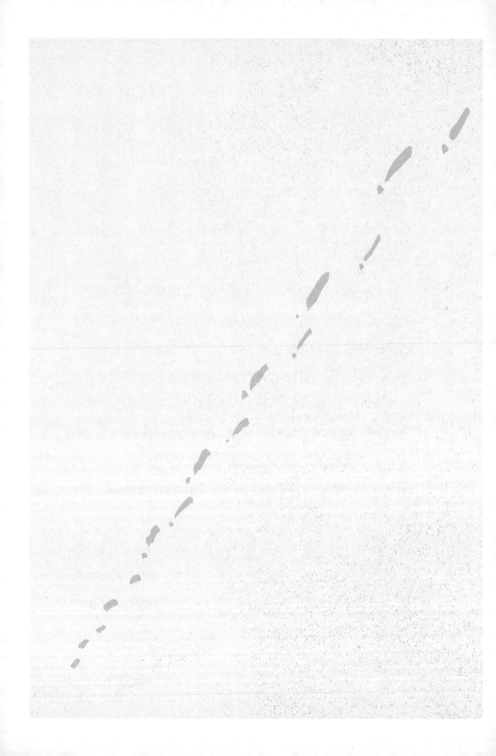

점이 담긴 새로운 콘텐츠를 만들어야 한다. 맥락Context을 바꾼 콘텐츠Content로 접촉Contact하는 것이다. 어쨌거나 남들과 유사한 자료에서 남다른 관점을 발견하는 것, 즉 유사성을 바탕으로 비유사성을 만드는 것, 보편성 속에서 특수성을 만드는 모순된 과정을 거치는 것이 아이디어로 먹고사는 사람들의 어려움이다. 기존 정보와 연聯결된 새로운 개념이나 이미지想를 만드는 일, 이 연상력聯想力이 창의성의 관건이 된다.

어린 시절 자주 부르던 동요가 있다. '기차는 길어, 길은 건 바나나~'로 시작되는 동요다. 연상이란 기차에서 바나나를 떠올리고 여행을 떠올리는 일이다. 조금 더 이야기를 진전시켜보자. '보다'는 안구의 기능만을 이야기하지 않는다. 보는 것은 간을 볼 수도, 시장을 볼 수도, 욕을 볼 수도 있다. 제임스 카메룬은 사랑보다 더 위대한 'SEE'의 개념을 그의 영화 〈아바타〉에서 창조했다. 영화에서 가장 함축적인 의미를 담은 명대사, "I See You." 너의 '영혼'을 바라본다는 뜻일 테다.

자판을 두드리는 당신의 손은 디지털 시대에 뒤처지지 않기 위해 안간힘을 쓰는 바쁜 손이다. 가족이 지켜본다면, 수고하는 손이고 안쓰러운 손이다. 그러나 여기 또 다른 손이 있다. 헤어지기 싫은 손, 만지고 싶은 손, 그리워하는 손, 가슴 아파하는 손,

재회하는 손, 움켜잡은 손들이 그것들이다. 당신은 몇 개의 손이 있는가.

여기 한 점點이 있다. 무엇으로 보이는가? 주부의 눈에는 남편의 옷에 묻은 얼룩으로 보이고, 잠실야구장의 청소원에게는 바닥에 붙은 껌딱지로 보일 수 있다. 사격장을 나온 예비군에겐 사격 표지판으로 보일 것이다. 위대한 과학자 칼 세이건은 '창백한 푸른 점'으로 지구를 보았다. 당신의 아이디어는 당신을 닮는다. 아이디어의 수준을 위해 당신부터 바뀌어야 한다.

긴 연휴가 지났다. 당신에게 이번 가을은 무엇이었는지. 낙엽일 수도, 철 지난 호숫가일 수도 있다. 남들도 얼마든지 상상할 만한 식상한 대답이다. 모네의 수련을 떠올리며 가을을 인생의 수련기라고 표현하거나, 피카소의 〈늙은 기타수〉를 떠올려 가을을 인생의 조락에 비유했다면 수준급이다. 남다르면서도 공감을 끌어내는 것이 연상력의 요체다. 그런데 최근 어느 학생이 내게 가을을 점을 보는 계절이라고 대답했다. 가을이 되면 취업이든 승진이든 연애든 누구나 불안해지기 때문에 용한 점 집 앞에 줄을 선다고 했다. 덧붙인 그의 한마디는 이랬다. "교수님 댁이 미아리 지나 길음동이시죠? 가을만 되면 그곳에 사람들 줄 서는 거 못 보셨어요?." 4년째 북한산 자락에 사는 나를 염두에 둔 설

벽이 문이 되는 순간

명이었고, 무릎을 치며 설득당할 수밖에 없었다.

부처도 사람에 따라 설법한다고 했다. 비즈니스 세계에서 생각의 정답은 없다. 그러니 결국 사람 놀음이라는 게 차라리 솔직한 답일 수도 있겠다. 역지사지라고 상대의 마음을 아는 것이 설득의 출발이니까. 당신 앞에 있는 사람의 심중을 헤아리는 일부터 시작해야 한다는 뜻이다.

강아지 알레르기를 탓하는 사람에게

"어떻게 하면 기획을 잘할 수 있습니까?"라고 물어보는 분들이 있다. 기획은 일의 윤곽을 그리고 틀을 잡는 일이다. 전체를 보는 통찰력과 실행력이 요건이다. 전체는 부분의 합이고 각 부분이 최적화되는 중심점을 갖는다. 그래서 능력 있는 기획자는 부분을 파악하면, 곧바로 전체의 중심과 급소를 찾는다. 그곳에서 프로젝트의 콘셉트를 찾고 핵심 인력을 배치한다. 그리고 실행과 진행에 따르는 절차와 문제를 조율한다. 그러니까 기획자는 부분에서 전체를 파악하고 전체에서 중심을 발견하고 중심에서 주변으로 이동하는 사람이다. 부분에서 전체를, 전체에서 중심을, 중심에서 주변으로 기민하게 움직이는 능력은 어디서 오는 걸까? 이론적 단단함일까? 다양한 경험일까? 인문적 식견일까?

벽이 문이 되는 순간

마스다 무네아키는 츠타야서점의 기획자다. 그는 기존의 서점이 빠르게 변화하는 소비자의 욕구를 쫓아가지 못했음을 발견했다. 서점의 카테고리 단위의 진열 방식은 고객의 관점이 아니라 생산자의 효율성 관점이라는 것이다. 그는 서점을 책이 아니라 라이프 스타일을 파는 곳으로 규정했다. 그렇게 비즈니스의 새로운 중심점을 찾고, 서점의 공간을 재구축했다. 요리와 관련된 코너라면 책의 카테고리와 상관없이 요리와 관련된 소설, 시 등의 순수 문학류와 실용서를 함께 진열했다. 심지어 요리하는 데 필요한 식기와 식자재까지 판매했다. 생산자 입장에서 소비자 입장으로 관점을 이동한 것이다. 어떻게 가능했을까?

디지털의 가속도를 생각해보라. 기획자가 이론이나 경험에 의존하는 것은 위험하다. 이론은 지나간 풍월이고 고인 물이다. 경험은 안전장치라지만, 새로움을 가리는 독단의 벽이기도 하다. 인문을 강조하는 경우는 어떨까? 지나친 고단백의 섭취는 영양 불균형의 원인이 된다. 기획의 틀이 이상적 설계도에 그칠 가능성이 있다.

다시 무네아키를 들여다보자. 그는 어떻게 새로운 관점으로 기획할 수 있었을까? 그는 현장에서 사람을 만났다. 서점에 들리는 사람들의 생생한 이야기를 탐문하고 행동을 관찰했다. 사람을 만나 사람에게서 찾은 것이다. 훌륭한 기획자는 사람을 만나고 사람에게서 답을 구하는 사람이다. 자리에서 일어나 사람을 찾아 떠나라. 그들이 들려주는 오늘의 사건에서 오늘의 관점을 만나라.

사람을 만나기 위해 꼭 발품을 팔라는 이야기는 아니다. 스마트폰으로, SNS로 최근 발표된 최신 통계와 인사이트를 시시각각으로 수혈받아라. 그다음에는 직접 만나야 한다. 어투와 표정과 몸짓에서 진위가 확인되고, 그 과정에서 새로운 사실도 드러난다. 마지막으로 나이 들며 느낀 한 가지. 인생은 예기치 않은 인연의 연속이다. 내 인생의 변곡점도 예상치 못한 어떤 순간이었다. 귀인의 방문을 스스로 막지 말라. 사람 가리지 말고 만나라는 이야기다.

스피노자는 세상에 선인과 악인이 따로 있는 것이 아니라, 서로 간의 관계가 존재하는 것이라고 했다. 그러니 그와 좋은 궁합을 만들어라. 기쁨을 주는 존재로 당신이 다가서라는 이야기다. 강아지 알레르기가 있어 개를 키우지 못한다면, 강아지가 문제가 아니라 당신의 탓이다.

벽이 문이 되는 순간

일타쌍피의
인생살이를 위하여

　건강검진 결과표가 식탁 모서리에 떨어질 듯 놓여 있었다. 역류성 식도염과 위궤양과 위염. 광고인이 달고 사는 잡병 3종 세트 그대로였다. 불만은 복부비만과 지방간 수치가 올라간 것, 의사는 술을 줄이고 운동을 늘리라고 권유했다. 아내는 야밤의 폭식이 원인이라며 정신력으로 입의 유혹을 이겨보라고 했다. 『남편의 체중 줄이기』란 책 속에 있는 어느 현명한 주부의 처방전에 따르면, 남편 몰래 그릇의 크기를 줄였다고 한다. 손가락을 빠는 버릇이 심한 아이에겐 어떤 처방을 내리는 게 좋을까? 손가락을 빠는 시간을 정해주니 심드렁해져서 나중엔 그 버릇이 없어졌다는 사례가 있다. 독일의 치과의사는 아이의 이를 뽑을 때 마스크를 쓴다. 그 마스크엔 스머프 그림이 크게 그려져 있다. 물론 아이의 공포를 덜어주기 위해서다.

세상은 아이디어로 가득한 마케팅 전시장이다. 이번엔 소변기 이야기다. 인천공항 간이주차장 화장실에서 볼일을 보고 급히 빠져나오는데 변기 위에 이런 글이 쓰여 있었다. '육수를 흘리지 맙시다!' 냉면집 자제였을까? '남자라면 흘리지 말아야 할 것은 눈물만이 아니다'라는 케케묵은 문구보다 효과적으로 보이지만 글쎄, 좀 더 효과적인 방법은 없을까? 이 방면의 탑은 네덜란드에서 유래한 변기통이다. 바로 요즘 흔히 보는 낙하 지점에 파리가 그려진 소변기다. 남자들의 게임 본능을 자극해서 조준 사격을 유발한 것이다. 나를 뛰어넘는 고수들이 도처에 있기 마련인데, 얼마 전 그 방면의 진짜 고수를 만났다. 어느 골프장의 화장실이었는데, 소변기 밑에 예쁜 모양의 자갈이 자연스레 깔린 화분이 놓여 있었다. 나는 물끄러미 쳐다보다 바싹 다가섰다. 이 마케팅 고수는 누구일까? 화장실이 전시장의 격조까지 풍기니 도랑 치고 가재도 잡은 격이다.

2년간 대학에서 '광고철학론'을 가르친 적이 있다. 광고가 사라지는데 케케묵은 광고 이론이 그들에게 무슨 도움이 된단 말인가. 진실은 현장에 있다. 나는 이론이 아니라 내가 경험한 실전만을 강의했다. 이 칼럼도 그렇게 시작했다. 광고인 특유의 인사이트를 활용하되 내가 부딪치는 매일의 사건 속에서 시대적 관점을 정리해보는 것이다. 그러니 부지런하게 수시로 기록도 남겨야 한다. 그렇게 시작한 발걸음이 관찰의 습관을 길러주고 관계의 영역을 넓혀주었다. 예기치 못한 부수효과다. 우물을 여기저기 파놓고 하루를 26시간만큼 사는 사람들이 나뿐만이랴. 자전거로 출퇴근하며 호주머니와 건강을 동시에 챙기는 사람들, 좋아하는 일을 즐기면서 인스타그램이나 유튜브 같은 미디어를 이용해 또 하나의 수익원을 창출해가는 사람들이 그들이다. 백세인생인데 평생직장은 사라지고 있다. 당신도 일타쌍피의 인생살이를 설계해보는 게 어떠실지.

벽이 문이 되는 순간

들어주는 자의
미덕

높은 자리에 올라가거나 나이 들어가는 사람들이 통과해야
할 관문이 하나 있다. 말이 많아지는 걸 참는 일이다. 물론 마음
을 터놓고 이야기해야 풀리는 문제가 있다. 소통이 원활하지 못
하면 업무의 성과는 물론 조직의 활기도 떨어지기 마련이다. 그
러나 같은 말이라 해도 소통과 소비는 분명 다른 차원이다. 말의
왕래가 잦다고 해서 소통이 반드시 활발하지는 않다. 끊임없이
조직원들과 대면하는데 입을 꽉 다물고 있다고, 심지어 말도 안
통하고 그저 시키는 일만 한다고 하소연하는 분들에게 간곡하
게 전한다. 당신의 말을 3분의 1로 줄여라. 그리고 그들 스스로
시작하게 하라. 그 시간을 견뎌야 한다. 그들은 당신을 탐색하는
중이다. 당신이 말이 통하는 사람인지 그렇지 않은지 간을 보는
것이다. 그들이 탐색하는 시간은 어떻게 보면 당신을 위한 배려

의 시간이기도 하다. 그러니 속 시원히 말해보라고 채근하지 마시라. 억지로 끌려온 소가 쟁기질을 잘할 리 없다. 돌아가면서 의례적으로 한마디씩 하는 자리가 될 것이다. 마음을 내보이는 것과 말을 내뱉는 것은 다른 문제이기 때문이다. 조용히 들어주는 것부터 시작해라.

위로 올라갈수록, 나이가 들어갈수록 왜 말을 참지 못하는 걸까? 대화에 열중하는 두 사람을 잠시만 관찰해보라. 정보를 교환하는 걸까? 알고 보면 서로 자기 생각을 주장한다. 동조해주기를 바라기 때문이다. 대화의 본질은 설득이다. 그러니 뭘 좀 안다는 사람, 높은 지위에 있는 사람일수록 남의 말에 귀 기울이기보다 자기 생각을 전달하기 바쁘다. 상대는 씁쓸하게 입을 닫고 만다. 중증이 되면 윗사람이든 가족이든 누구의 말도 잘 안 들린다. 상대의 의도를 넘겨짚는다. 상대의 말에 집중하지 않고 말을 끊고 들어가서 자신의 경험과 생각만 늘어놓는다. 그러니 상대의 진의나 진면목을 볼 수 없다. 사실 이것은 필자의 아픈 단점이기도 했다. 불세출의 광고기획가인 제일기획 유정근 부사장이 내게 잘하던 말씀, "자네 지금 내 말 안 듣고 또 딴생각하지?"

나는 상대방 말의 초반부에서 의중 파악을 끝내버리는, 그야말로 헛똑똑이 습관이 들고 말았다. 상대의 심중을 헤아렸다고 해도 중간에 말이 끊긴 사람의 기분이 좋을 리 없다. 그런 나를 옆에 둔 아내의 마음고생도 마찬가지였다. 아내의 친구들이 내게 제시한 해법은 단순했다. "여자는 현명한 대안을 바라는 게 아니에요. 그냥 들어 달라는 거예요." 장자의 제물론에 "음악소리가 텅 빈 구멍에서 흘러나온다"라는 말이 있다. 마음을 비우는 것이 참된 소리를 내는 기본이라는 뜻이다. 경청敬聽이란 말 그대로 '공경하는 마음으로 듣는 것'이다. 당연히 집중해야 하며, 10개의 눈으로 상대의 표정이나 눈빛, 태도까지 들여다봐야 그 진의를 간파할 수 있다.

습관적으로 사람들의 말을 잘 듣지 않으면 어떻게 될까? 암세포가 자라난다. 과장이 아니다. 암癌이란 글자는 입이 3개나 필요할 정도로 하고 싶은 말이 많은데, 그것을 산에 가두어놓고 막아버려 생긴 병이란 뜻이다. 세계에서 가장 혁신적인 기업이라는 IDEO의 회의문화 'Deep Dive'의 핵심도 다 같이 끝까지 듣고 모두 함께 결정하는 데 있다. 모두의 동의를 얻은 아이디어가 실행력과 추진력이 높아 좋은 성과를 얻는 것은 당연하다.

'배 속에 밥이 적고 입안에 말이 적고 마음에 일이 적어야 한다'라는 말이 있다. 소통의 첫 출발은 말하기가 아니라 듣기다. 내 경륜을 보태주겠다고, 시간이 돈이라고, 그래서 한마디라도 보태야겠다는 마음을 버려라. 다 듣고 나서 낮고 조용한 어투로 상대의 가슴속으로 스며들어라. 찬바람보다 따스한 햇볕이 나그네의 외투를 벗기듯 사람의 마음을 여는 것은 명령형이 아닌 부드러운 어투다. 소란스러운 소리는 허공으로 솟구쳐 사라진다. 만약 침묵의 메시지를 통해 상대방을 읽어내고 위로할 수 있다면, 그는 최고의 커뮤니케이터다. 억울한 사정을 하소연하는 자식을 말없이 들어주다 가슴을 열어 안아주는 부모의 모습을 그려보라. 늙을수록 입을 닫고 지갑을 열라는 말은 그래서 생긴 것이다.

벽이 문이 되는 순간

경쟁자는
적이 아니다

내기를 해본 사람은 돈이 걸린 승부가 얼마나 사람의 마음을 뒤집어놓는지 잘 안다. 그래서 도박은 무서운 것이다. 여기에 명예욕까지 겹치면 물불을 가리지 않는다. 승부에 집착하다 인간의 기본적 상식을 저버리는 경우를 스포츠 세계에서 자주 목격한다. "상대방 공격의 맥을 끊어 놓는 아주 좋은 파울입니다"라는 월드컵 해설자의 목소리가 아무렇지도 않게 들리는 것은 참으로 아이러니다. 페어플레이를 강조하면서도 승리를 위해 반칙이 정당화된 건 언제부터일까?

2018 LPGA 투어 US 여자오픈챔피언십의 승자 아리야 주타누간은 우리에게 희망의 한 장면을 선사했다. 주타누간은 9홀을 남기고 7타 차로 한국의 김효주에게 앞서 있었다. 우승이 눈앞에 있었다. 그러나 공은 둥글고 골프공은 그중에서도 가장 작

다. 그녀는 마지막 몇 홀 동안 실수를 연발했고 연장전으로 끌려 갔다. 5년 전의 악몽이 재현되는 듯했다. 2013년 LPGA 혼다 타일랜드 대회 마지막 홀, 그녀는 한국의 박인비에게 2타나 앞섰다. 그러나 마지막 순간 그녀의 벙커샷과 퍼터가 난조에 빠졌고, 어이없는 트리플 보기를 범했다. 그녀는 우승컵을 내주고 눈물을 삼키고 말았다. 이번은 그때보다 더 큰 승부였다. 쫓기는 입장에서 오는 불안감으로 실수가 이어질 확률이 높았다.

그러나 이번에는 달랐다. 연장 4번째 홀에서 믿기 어려울 정도로 좋은 벙커샷을 보여주었고, 마침내 다른 대회보다 몇 배나 되는 우승상금을 거머쥐었다. 이것이 그날 벌어진 승부의 하이라이트다.

그러나 내가 하고 싶은 이야기는 다른 이야기다. 그것은 바로 살 떨리는 승부의 순간에 그녀가 보여준 상대에 대한 태도다. 그녀는 그때처럼 입술을 떨거나 초조함을 보이지 않았다. 오히려 상대방이 보여준 멋진 플레이에 박수와 함께 '나이스 펏'이라는 말까지 보냈다. 그리고 담담하게 자신의 플레이를 이어갔다. 엄청난 상금과 명예를 놓고 싸우는 극도의 긴장감 속에서도 경쟁자의 멋진 플레이를 진심으로 격려했다.

고백하건대 나는 인생의 승부처마다 얼음 같은 표정으로 상

벽이 문이 되는 순간

대의 실수를 바라며 나만의 행운이 찾아오기를 간절히 기대했다. 경쟁 프레젠테이션을 통해 광고주의 일감을 따내야 먹고사는 광고 대행사 종사자는 내가 이기면 상대가 울고 상대가 웃으면 나는 술잔을 기울일 수밖에 없는 숙명을 안고 살아가는 인생이다. 그간 선배를 밟고 일어서는 후배가 되라는 말을 듣고 살았다. 선의의 경쟁이란 허울 좋은 가식일 뿐 이기는 자가 강한 자였다.

"광고는 차가운 냉장고가 아니라 따뜻한 오븐에서 흐른다"는 어느 유명 광고인의 계율은 뒷전일 뿐, 의례적이고 가식적인 교류를 뒤로하고 일터로 돌아가면 냉정함과 이기심으로 가득찬 승부의 세계로 빠져들었다. 그렇게 30년 가까운 세월이 흐르며 숱한 성취와 좌절이 반복됐다. 인생의 승부는 일의 성패가 아니라 사람과의 관계라는 교훈은 그 과정에서 얻은 깨달음이다.

인간이 동물과 다른 점은 성찰과 배려의 정신이다. 사색을 통해 획득한 심미적 감수성이 문명과 문화를 발전시킨다. 그러나 타인에 대한 배려의 마음, 이타심이 없다면 약육강식의 야만성에서 한 치도 벗어나지 못할 것이다. 아인슈타인의 말을 빌려보자. "인간은 타인을 위해 살아간다. 하루에도 백 번씩 나는 나의 삶이 살아 있는, 혹은 죽은 사람의 노고에 의존한다는 사실을 되새긴다. 그리고 받는 것만큼 돌려주기 위해 얼마나 많이 노력해야 하는지를 스스로 일깨운다."

경기장에 들어선 모든 선수에게 바란다. 승부에 최선을 다해달라고. 하지만 정정당당한 페어플레이로 임하라고. 그리고 할 수 있다면 경쟁자의 멋진 플레이에도 손뼉을 쳐주는 여유를 보여 달라고. 그것이 진정한 승부사가 보여주는 멋진 면모일 것이다.

얼굴을 마주 보면서
해야 할 말

평소 교회나 절에서 낮에 아이를 돌봐주면 좋겠다고 생각했다. 국가 경쟁력을 위해서라도 주부와 노인의 노동생산성이 중요하기 때문이다. 이것을 아내에게 무심코 전했더니 뭘 몰라도 한참 모른다며 대뜸 타박이었다. 그런 시설은 이미 다 있다는 것이다. 게다가 절이 무슨 탁아소냐며 사람들의 마음을 달래주는 것이 더 중요한 것 아니냐고 덧붙였다. 중생의 삶을 위해 봉사와 헌신을 실천하는 것이 종교의 참모습이 아니겠냐고 따지고 싶었지만 참았다. 이런 문제를 두고 부부끼리 옥신각신, 왈가왈부하는 것은 우매한 짓이다. 삶의 문제에 정답이 어디 있으랴. 선선한 바람이 부는 날 화계사 툇마루에라도 앉아 얼굴을 맞대고 조곤조곤 대화를 나누다 보면 서로의 입장을 공감하게 되리라.

대화는 의미를 공유하는 과정이다. 메일이나 문자, 서류를 통해 전달하는 글의 방법과 직접 만나 얼굴을 보고 의견을 나누는 말의 방법이 있다. 글은 기록이 남아 분명하고, 말은 상호적이어서 유연하다. 반대로 말하면 글은 상황에 대한 대처능력이 부족하고, 말은 임의적이어서 불확실하다는 뜻이다. 따라서 말로 서로의 간극을 좁혀 이해와 공감의 수준을 높이고, 글로 확실함을 보장하는 방법을 택하곤 한다. 북한 비핵화의 접촉 과정이 그랬다. 여러 차례의 만남이 있고 나서 글로 명문화된 약속을 선포했다. 미진하면 그들은 또다시 만날 것이다. 그런데 그 바쁜 사람들이 왜 꼭 만나야 좁혀지는 걸까? 카톡으로 밤새도록 주고받으면 될 일인데, 얼굴을 맞대면 천하에 없는 묘안이 떠오른단 말인가?

중앙종합금융사의 광고를 만들던 때의 이야기다. 홍보실장은 사장이 바빠서 안 계시니 자신이 전하겠다며 회사의 이미지에 도움이 될 만한 신문광고를 만들어 달라고 했다. 우리는 '자기자본 비율이 개선된 초우량 금융기업'임을 알리는 도전적인 광고 문안을 제안했다. 그러나 아뿔싸! 그 광고를 본 광고주 사장은 노발대발하며 당장 들어오라고 했다. 그는 주가조작을 통해 시세차익을 노리는 금융인이라는 세간의 의혹을 불식할 광고로 다시 만들어달라고 했다. 지금 만든 공격적인 광고는 오히려 그런 나쁜 이미지를 더 강화할 것이라고 했다.

벽이 문이 되는 순간

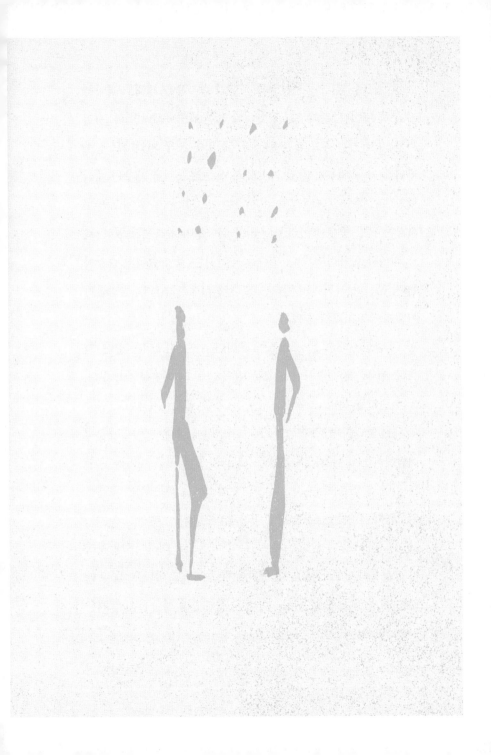

맞는 소리였다. 홍보실장이 사장의 속마음을 제대로 파악하지 못한 탓이다. 부랴부랴 정반대의 착한 광고를 준비했다. 자전거를 타고 가는 주부의 모습 위로 "살림이 조금 피었다고 장바구니를 가득 채우지 않겠습니다. 새 옷으로 옷장을 채우는 대신 희망으로 통장을 채우겠습니다"라는 소박한 서민형 광고였다. 사장은 정말 좋은 광고라고 우리를 쳐다보며 환하게 웃었다. 결국 의미를 공유하기 위해 의중을 파악하는 것이 설득의 출발이 된다. 문자와 사진이 범람하는 SNS의 시대는 설득의 방법론이 어떻게 달라지고 있을까?

디지털 시대의 통신 코드는 문자다. 아니 이모티콘 같은 기호다. 이 몇 개의 축약된 기호로 내 뜻을 드러내는 분들이 많다. 물론 편하긴 하다. 2개의 눈썹(^^)은 기쁨이고 즐거움이고 만족도 되니 돌려가며 쓰면 된다. 그러나 맥락에 따라 바쁘니 나중에 대화하자는 뜻이기도 하고, 말도 안 되는 소리라는 비아냥일 수도 있다. SNS를 통해 비즈니스용 의사소통을 하는 것은 그래서 위험하다. 문자는 감정을 드러내지 못하기 때문이다.

한나라의 공자 한비韓非는 설득의 어려움에 대하여 "내 지식이 불충분해서도 아니고 내 변론이 부족해서도 아니고 해야 할 말을 꺼낼 용기가 없어서도 아니다. 상대방의 마음을 파악해서

벽이 문이 되는 순간

내 주장을 거기에 적중시키는 데 있다"라고 했다. 촌철살인의 텍스트가 난무하는 시대일수록 더 가까이 마주 앉아 상대의 흉중을 파악하라. 그의 안색과 목청과 몸짓에 집중해서 SNS에 가려진 마음속의 진면목을 들여다보라. 그래야 의미의 공유보다 더 깊은 감정의 공유에 다가설 테니까.

당신의
건배사

건배사의 시즌이다. "겁나 수고한 당신께 박수를 보냅니다, 박보검!", "청춘은 바로 지금부터, 청바지!"라는 구호가 유행했다는데 당신들은 또 어떤 건배사를 마음속에 담고 계시는지.

나는 건배사를 유독 싫어했다. 우리끼리 뭔가 잘해보자는 야합의 느낌도 그랬고, 순서대로 자리에서 일어나 선동을 강요당하는 듯한 분위기도 싫었다. 굳이 그럴 일도 아니었다. 건강이든 행복이든 입을 모아 빌어주는 것이 뭐 그리 대수라고 말이다. 내 어린 시절에는 술이 얼큰해지면 건배사가 아닌 무반주의 노래가 자리를 타고 돌아갔는데, 시를 읽어준 어떤 선배도 있었다. 삼성동의 후미진 선술집으로 기억하는데, 굵은 안경테의 그 선배는 이루어질 수 없는 사랑에 빠져 있는 듯했다. "사랑한다는 것은 사랑을 받느니보다 행복하나니라."

비트겐슈타인은 사람의 말에 대해 이중적 태도를 취했다. 하나는 확실한 것만 말하고, 침묵하라는 것이다. 사실이나 현상에 대해 주관적 판단이나 개인적 감정을 덧붙여 전달하면, 진실이나 진의가 왜곡될 수 있다고 본 것이다. 또 다른 하나는 사용되는 언어는 쓰임새에 따라 달리 해석된다는 입장이다. 미워 죽겠다고 애교를 부리는 연인의 대화를 생각해보면 이해된다. 언어는 맥락에 따라 다양한 해석이 가능해진다. 따라서 세상에는 사람의 수만큼 다양한 인생이 있고, 다양한 관점이 존재한다. 우리는 희로애락의 인생사를 살면서 유치환의 '행복' 같은 사랑만 있는 것이 아니라 고통으로 물든 절절한 사랑도 있음을 알게 된다.

찔린 몸으로 지렁이처럼 기어서라도
가고 싶다 네가 있는 곳으로
너의 따뜻한 불빛 안으로 숨어들어가
다시 한번 최후로 찔리면서
한없이 오래 죽고 싶다.
　— 최승자, 「청파동을 기억하는가」 중에서

나라도 곁에 없으면

당장 일어나 산으로 떠날 것처럼

두 손에 심장을 꺼내 쥔 사람처럼

취해 말했지

나는 너무 놀라 번개같이, 번개같이 사랑을 발명해야만 했네

— 이영광, 「사랑의 발명」 중에서

사람마다 각기 다른 사랑의 경험과 기억이 있다. 그것이 그의 언어와 시가 되고 예술이 되리라. 아름다운 사람이 아름다운 사랑을 그린다. 평소에 말술을 마다하지 않으며 화통하고 걸걸한 선배의 건배사는 '위하여!'였다. 하늘의 위, 땅의 하, 입 다물고 술잔이나 털어 넣으라는 사투리의 여!(넣어!)였다. 그 선배다웠다. 만물의 존재에는 다 그럴만한 이유가 있다. 당신의 건배사도 당신을 닮는다. 어디, 당신의 건배사를 맞춰볼까?

딴맘 먹지 말고
죽으라

　3박 4일 일정으로 일본에 다녀왔다. 나가사키와 히타 등 후쿠오카 인근의 온천 지역이었다. 조용하고 편안한 곳이었지만, 많은 생각이 교차했던 여행이었다. 자판기와 함께 눈에 자주 들어온 것은 접골원이었다. 지금 일본에서는 65세 이상 노령인구의 소비지출이 전체 소비지출에서 40%에 육박하고 있다. 노인을 위한 나라, 노인이 우대받는 나라다. 한 건물의 지하 카페와 헬스클럽은 노인들만 이용할 수 있다는 안내문이 붙어 있었다. 일본 정부는 정년을 65세로 바꾸었다. 돈을 벌고 활동해야 돈을 쓰는 법, 고령 인구의 소비를 유도해 경제를 활성화하려는 의도다. 반면 젊은이들의 무력감은 심각했다. 대학 진학률이 50%를 밑돌며 아르바이트로 살아가는 프리터족들이 사회문제로 떠오른 것도 오래전 일이다. 성취욕이 사라져가는 것이다. 활력이 사라져가는 일본, 머지않은 미래의 우리 모습을 보는 듯했다.

일본에서는 노인들이 죽으면 화장을 한다. 천황을 빼곤 거의 예외가 없다. 염을 할 때 모든 가족이 참여하고 화장한 뒤 남은 유골로 목걸이를 만들어 평상시에 지니고 다니기도 한다. 골목마다 보이는 신사는 종교가 아니라 삶 속에서 죽음을 기억하려는 의식의 장소였다. 문득 그들의 가미카제와 할복 문화가 떠올랐다. 전쟁과 지진이 잦았던 이들에게 삶과 죽음의 경계는 그렇게 가볍고 모호한 것인가 하는 생각이 들었다.

거리는 거대한 진공청소기로 빨아들이기라도 한 것처럼 담배꽁초 하나 찾아보기 힘들었다. 가이드는 일본사람들은 '어쨌든 법은 지키라고 있는 것이다'라는 생각을 상식으로 여긴다고 했다. 전쟁이나 지진에서 살아남으려면, 서로 간의 사소한 문제를 줄이기 위해 노력하고 공동의 이익을 위해서 협조해야 한다고 생각한다는 것이다. 살기 위해서 정한 약속을 누가 깨뜨릴 것이고, 깨뜨린 자를 누가 용납할 것인가? 전쟁이 잦았던 나라답게 일본은 무인을 대접해왔다. 에도 시대에 중국에서 전래한 사농공상士農工商의 계급 체계에서 순서는 그대로이지만, 사士가 중국이나 우리나라와 달리 선비가 아닌 무사武士를 의미한다. 사무라이가 주도하던 사회상황과 계급의식이 반영된 것이다.

벽이 문이 되는 순간

심지어 그들을 패퇴시킨 이순신 장군과 이토 히로부미를 저격한 안중근 의사를 꽤 많은 일본인이 존경한다고 한다. 여순 감옥에서 안중근 의사의 애국심에 감동한 간수 치바 도시치는 안중근 의사의 마지막 유묵과 유품을 사당에 모시고, 그의 자손들까지 그의 정신을 기렸다. 지금도 안중근 의사의 추모제가 매년 미야기현 구리하마시에서 열린다. 강자라면 누구든 가리지 않고 인정하는 것이 그들의 문화라며 감탄하는 한 노인 관광객의 말에 착잡했다. 지금 그들의 눈에 우리가 어떤 모습으로 비치고 있을까 하는 마음에서였다.

구름에 가려져 위치를 오인한 미군 비행사의 원자폭탄 투하로 수십만의 사상자를 낸 비운의 도시 나가사키는 평온했다. 일본은 여전한 강국이다. 인구수만 1억 2,000만 명이다. 섬나라의 욕망과 지진의 공포는 멈추지 않을 것이다. 그들의 호전성 역시 언제 또다시 용암처럼 분출될지 모른다. 신영복 선생은 "북극을 가리키는 지남철은 항상 그 끝을 떨고 있다. 여윈 바늘 끝이 떠는 한 그 지남철은 자기의 사명을 잊은 게 아니다. 그래서 우리는 그 방향을 믿어도 좋다"라고 늘 각성할 것을 주문했다. 귀 잘리고 코 잘린 한 맺힌 외압의 역사를 반복할 수 없다. 안중근의 어머니는 사형을 언도받은 아들에게 띄우는 편지에서 "네가 항소한다면 목숨을 구걸하는 일이다. 네가 나라를 위해 한 일이니 딴맘 먹지 말고 죽으라. 대의를 위해 죽는 것이 효도다"라고 전했다. 지금 우리에게 그 결기가 이어지고 있는가? 다시 신발 끈을 동여매자. 광화문의 촛불은 우리를 둘러싼 강대국들 사이에서 당당하게 맞설 힘을 키우기 위해 다시 타올라야 한다.

가마우지와
늙은 어부

추석 연휴에 중국 광시좡족 자치구 북동쪽에 있는 구이린桂
林을 찾았다. 어딜 가나 계수나무가 늘어서 있는데, 도심만 벗어
나면 무협영화에서나 등장했던 비경이 펼쳐졌다. 이강漓江을 끼
고 유람할 때 강변으로 병풍처럼 펼쳐진 둥근 산세는 어깨를 맞
대고 겹쳐지며 끝없이 이어져서 자욱하고 아득했다. 땅속의 별
천지도 그에 못지않게 기기묘묘했다. 관광 필수코스인 관음동굴
이나 은자암동굴에는 종유석이 영겁의 세월을 드러내며 천장에
서 각양각색의 모양을 뽐냈다. 구이린의 하늘과 물과 땅은 도연
명의 무릉도원 그대로였다. 그러나 그곳에 하루에 1만 5,000여
명의 관광객이 몰려드는 데는 또 다른 이유가 있다. 그것은 선경
에 맞물린 인간의 드라마다.

구이린의 어부들은 전통적으로 가마우지를 이용해 물고기를

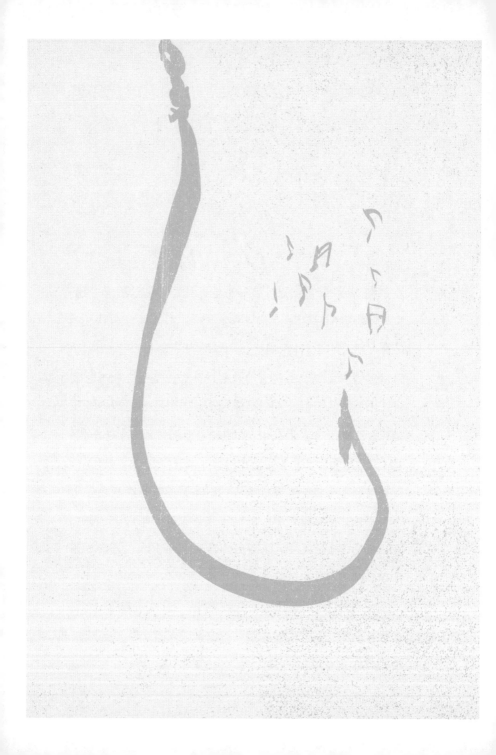

잡았다. 물고기를 통째로 삼켰다가 새끼를 먹이기 위해 다시 뱉어내는 습성을 이용한 방식이다. 어부는 가마우지를 굶긴 뒤 물고기를 삼키지 못하도록 느슨하게 목을 조이고 발에 줄을 달아 강물에 던진다. 배고픈 가마우지는 물고기를 낚지만 목에 걸려 삼키지 못한 채 어부가 당기는 줄을 따라 돌아오게 된다. 어부는 가마우지의 주둥이에 손을 넣어 고기를 끄집어낸다. 충분히 잡으면 가마우지의 조인 목을 풀어주고 고기를 먹게 해준다는 것이다. 매를 이용한 사냥법과 흡사하다. 이 독특한 낚시법을 지금은 관광자원으로 활용한다.

가이드가 들려준 이야기는 색다른 감흥을 불러일으켰다. 평생 가마우지와 생업을 같이한 노인이 있었다. 그는 어느 날 수명을 다해 죽음을 앞둔 가마우지를 보듬고 장강이 내려다보이는 언덕에 올랐다. 자신의 고단한 삶에 동반했던 가마우지를 저세상으로 보내기 위해서였다. 할아버지와 가마우지는 서로 눈을 쳐다보며 침묵으로 교감했다. 잠시 후 할아버지는 가마우지에게 토속주를 취할 만큼 마시게 했다. 기력이 다해 고개를 떨어뜨린 가마우지는 조용히 눈을 감았고, 할아버지 눈에는 이슬이 맺혔다는 이야기다.

10년 전쯤 보았던 독립 다큐멘터리 영화 〈워낭소리〉가 떠올랐다. 평생 땅을 일구고 산 팔순 노인과 마흔 살에 이른 소의 이야기다. 보통 소의 수명은 15년 정도라는데, 마흔이라니 보통 오래 산 소가 아니다. 이 소는 한쪽 다리가 불편한 노인과 더불어 서로 의지하며 쓸쓸하고 고단한 산골의 삶을 버텨간다. 죽음을 앞둔 소와 노인의 눈이 마주칠 때 인간의 말로는 다 설명할 수 없는 이야기들이 스쳐 간다. 소를 보내고 몇 해를 더 살다가 노인도 세상을 등졌지만, 가마우지와 늙은 어부의 이야기처럼 지금도 어디선가 한가롭게 들길을 같이 걷지 않을까 하는 상상의 이미지를 만들어준다.

취두부 냄새는 진저리가 났고 기름진 음식은 장염을 불러 고생이었다. 하지만 구이린은 아름다웠다. 평생을 동고동락한 어부와 가마우지의 우정어린 이야기는 내게도 전설처럼 기억되리라. 그러다 문득 떠올랐다. 특정한 장소에 깃든 특별한 이야기가 비단 이것뿐이겠는가. 또 어느 도시인들 인간의 생로병사와 희로애락의 애환이 담긴 곳이 왜 또 없겠는가? 문득 작가 유시민이 『역사의 역사』에서 '역사가란 역사적 사실 사이에 숨은 이야기를 찾아내는 사람'이라고 한 대목이 떠올랐다. 서사의 힘을 말한 것이리라. 이야기는 풍경에 생명을 불어넣어 사람들을 불러모은다.

우리에게는 오래전부터 전설 따라 삼천리를 갈 정도로 많은 이야기가 곳곳에 담겨 있으며 삶에 켜켜이 스며 있다. 그러나 아쉽게도 내가 여행하며 발견한 것은 그 지방의 숨은 이야기가 아니라, 그 지방 특산물의 조악한 대형 조형물이었다. 섬진강 하동 백리길 입구에 세워진 독수리 모형은 기괴하기까지 했다. 이곳이 독수리와 어떤 연관이 있는지 알 길이 없으나, 섬진강은 본래 두꺼비와 관련이 깊다는 것 또한 아는 이가 드물다. 섬蟾은 두꺼비다. 여기에 나루 진津자를 붙여 강의 이름이 된 것이다. 왜구의 약탈이 극심하던 고려 말 이 강을 거슬러 오르며 침탈하던 왜구들 앞에 두꺼비 떼가 나타나 큰 소리로 울어 왜구를 물리쳤다는 일화에서 생겨난 이름이다. 그러나 그 두꺼비 이야기는 구비문학 자료집 같은 곳에서나 전해질 뿐, 섬진강 변 어디에서도 들려오지 않는다.

호박만두와
삼치만두

수원 팔달문, 좁은 골목 안 만두 전문점 '연밀'은 이 집의 베스트셀러 호박만두와 삼치만두를 맛보려는 맛집 탐방객으로 왁자지껄했다. 촌놈 입맛의 내 취향에는 그다지 맛있지 않았다. 나는 군만두와 짬뽕 국물을 함께 주문했으나 짬뽕 국물은 없다고 했고 대신 '가닥탕'이라는 만둣국 국물이 나왔다. 계란탕에 좁쌀 같은 수제비가 들어 있는 모양새가 영 땡기질 않았다. 술잔이 몇 순배 돌자 그곳으로 일행을 인도한 대학 동기가 참았다는 듯 내게 쏘아붙였다. 트렌드니 뭐니 떠드는 광고장이가 편식이 웬 말이냐고 한다. 혀끝의 미각이야말로 가장 예민한 감각이고 음식의 변천사가 인간의 역사에 미친 영향이 얼마나 크고 심오한데, 어째서 먹어보지도 않고 투덜대냐는 것이다. 그는 먹어나 보고 된장찌개로 돌아가든, 김치찌개를 고집하든 하라며 내 앞으로 만두가 담긴 접시를 내밀었다. 그는 술에 얼큰해 있었지만, 발언은 타당했고 그만큼 강력했다. 나는 허여멀건한 만두를 마지못해 입에 넣었다. 호박으로 들어찬 만두는 신맛이 돌았지만 푸근했고, 삼치만두는 비릴 것이라는 예상과 달리 담백하고 고소한 풍미가 느껴졌다. 입맛에 아주 딱 맞지는 않았지만, 독특한 맛이었다.

매년 이맘때면 뭐든 바꿔보자고 난리들이다. 단지 새로운 방법을 찾는다고 뭐 좋아지는 게 있을까? 갈란투스는 겨울부터 이른 봄까지 꽃을 피우는 식물이다. 이 갈란투스꽃이 유명한 것은 비스마르크와 프로이센 알렉산더 2세의 일화 때문이다. 어느 날 두 사람이 상트페테르부르크의 여름 별장에서 산책하는데, 허허벌판 초원 중앙에서 온종일 꽃 주위를 맴도는 경비병을 발견했다. 황제가 그 이유를 물었지만 경비병도, 경비대장도 그저 오래전부터 그렇게 해왔기 때문이라고 대답했다. 비스마르크는 그 이유를 알아봤다. 100년 전 카트리나 여황제가 이른 봄에 이곳을 산책하다 눈 속에 피어 있는 아름다운 갈란투스꽃을 보고, 아무도 그 꽃을 꺾지 못하게 지키라고 명령했다는 것이다. 그 후 100년 동안, 갈란투스꽃이 지고 난 이후에도 밤낮으로 보초를 섰다고 한다. 그래왔으니 쭉 그렇게 했을 뿐이다. 그야말로 묻지도 따지지도 않았다. 누군가 궁금해서 의문을 품었다면 이야기는 달라졌을 것이다. 호기심은 궁금증을 낳고 해석의 차이를 만들고 마침내 결과를 바꾼다.

경제학자 존 메이너드 케인스는 '변화에서 가장 힘든 것은 새로운 것을 생각해내는 것이 아니라, 이전에 가졌던 생각의 틀에서 벗어나는 일'이라고 했다. 내가 가진 음식의 취향도 '갈란투스꽃'과 같았다. 같은 방식은 변화에 대한 둔감함을 불러 감수성의 날을 무디게 한다. 호기심이 사라지고 맹목과 답습만 남는다. 뭘 좀 이룬 사람들이 익숙한 것과 결별해야 하는 시기는 바로 이때다. 늙는다는 것은 나이의 문제가 아니다. 생각의 문을 걸어 잠그고 내가 틀릴 수도 있다는 사실을 받아들이지 못해 생각의 궤도를 수정할 수 없는 사람들이 바로 늙은이다. 회춘의 가능성은 시대의 시선으로 세상을 바라볼 때 열린다. 생존을 원한다면, 판을 뒤집고 싶다면, 적어도 어두운 골목으로 밀려나고 싶지 않다면 궁금증으로 가득한 질문지를 움켜쥐고 변화로 가득한 신세계를 두 팔 벌려 맞아야 한다. 반복적인 일상에서 벗어나 모험으로 가득한 여행을 감행하라는 소리다.

숲을 바라보는
두 개의 시선

강릉에 있는 가톨릭관동대학교에서 1박 2일 일정으로 창업자들을 위한 창의력 강의가 있었다. 숙소는 학교 내 관광호텔이었다. 숲으로 둘러싸인 학교는 포근했다. 겨울이지만 숲이 전해주는 푸르름으로 마음이 밝아지고 홀가분해지는 기분이었다. 그러나 저녁이 되고 밤이 찾아오자 포근했던 숲이 돌변했다. 빛이 사라지자 숲의 형체는 운무 속에 가려지고, 낮고 정체를 알 수 없는 소리까지 들려와 두려움을 자아냈다. 숲은 밝음과 어둠을 모두 품고 있었다.

2017년 우리는 극단의 모순이 공존하는 세상을 살아간다. 미니멀하면서도 실용적인 소비행태와 개인의 고유한 취향이 존중되는 세련된 감수성에서 그런 경향을 찾아볼 수 있다. 젊은 세대의 안전 지향적이고 보수적인 경향성과 실버세대의 초입에 진입한 이른바 '뉴식스티^{new sixty}', 장년층의 인생 이모작을 위한 열정적인 삶의 태도도 마찬가지다. 디지털 트렌드가 생활의 전반을 압도하겠지만, 그 안의 내용은 아날로그적인 따뜻함이 될 것이다.

미하이 칙센트미하이 교수는 창의적인 사람의 특징을 '복합성'이라고 말한다. 숲에는 밝음과 어두움의 양면성이 모두 있는 것처럼, 인간도 모두 각자 상반된 성향이 있다. 대개 성장하면서 어느 한쪽의 기질과 성향으로 기울어진다. 유전이나 교육적 요인에 의해 어떤 사람은 개방적 성향이, 어떤 사람은 공격적 성향이 두드러지기도 한다. 그리고 그것이 그 사람의 성격으로 굳어진다. 그러나 창의적인 사람은, 상상과 공상으로 가득하면서도 현실감각을 잃지 않는 사람들이며, 아무 갈등도 느끼지 않고 양극의 성향을 그때마다 상황과 필요에 따라 꺼내 쓰는 사람들이다. 따라서 관찰과 연상과 추론의 창의적 과정에서 사물의 양면성 모두 놓치지 않는다. 그 결과 다양한 관점의 다양한 가치를 만들어내는 것이다. 복잡성의 시대, 사건의 이면을 함께 바라보고 양가적 가치를 신중하게 저울질하는 태도가 요구된다.

바다를 보라. 잔잔한 수면이 평화롭다. 그러나 태풍이 오면 모든 것을 부숴버리고 집어삼킨다. 얼음에서 시린 겨울의 고통을 연상할 수도 있겠지만, 한여름의 시원한 냉커피를 떠올리거나 녹으면 봄이 온다는 상반된 연상도 가능하다. 극단의 모순은 새로운 에너지를 만들 수 있는 가능성이다. 창의적 발상법에서 역발상은 달의 반대편을 바라보는 상상력이다. 나라의 운명도 명과 암이, 희와 비가 공존한다. 모든 관점을 열어두자. 물론 그럴 필요가 없는 것이 있다. 끝까지 진실을 밝혀내 원칙과 시스템을 바로 세우겠다는 우리의 약속이 그것이다. 하얀색만이 스펙트럼의 모든 색을 포함하고 밝음만이 어둠을 걷어낼 수 있다.

스스로 빛을
발하는 꽃

최근 강릉에서 만난 한 창업자는 경포대 주변을 밝히는 '자광화自光花'라는 브랜드를 만들었다. 스스로 빛을 밝히는 꽃이란 뜻이다. 낮 동안 태양열을 집적해서 밤에 불을 밝히는 태양광 활용 조명시설로, 선자령의 풍력발전기를 보고 떠오른 아이디어라고 했다. 특정 앱에 내 집 주차장이 비는 시간을 게시해 주차가 필요한 수요자에게 저렴한 가격에 주차할 수 있게 하는 주택가 주차 대행 서비스를 시도하는 이도 있다.

무관심한 사람들을 한곳에 불러 모으는 아이디어, 비즈니스의 가치를 높이는 생각의 힘은 어디에서 오는 것일까? 그것은 무엇보다 정보의 유사성을 발견하는 '추론 능력'과 정보의 맥락을 바꿀 수 있는 '연상 능력'에 달렸다. 인간의 모든 진보는 추론과 연상에서 비롯됐다. 이 추론과 연상 능력을 기르려면 무엇을

해야 할까? 그것은 의도된 열정, 트렌드 파악 능력, 피드백 시스템에 달렸다. 열정은 '의도된 열정'이어야 한다. 열정이면서 합목적성을 가진 열정, 현실적이고 구체적인 목표가 설정된 에너지여야 한다. 비즈니스적 가치를 발생시키는 열정은 자신이 하는 일의 목적과 경쟁의 대상을 명확히 하는 데서 출발한다. 여기에서 승부욕이 발생하고 효율이 생긴다. 열정은 순수한 열망과 현실적 갈망의 균형이다.

두 번째는 트렌드 관찰력이다. 아이디어는 시대와의 호흡이며, 시대성이 반영된 경향을 트렌드라고 한다. 어떤 공직 경험도 없는 이가 대통령의 취임사까지 쥐락펴락하는 전대미문의 국정 농단 사태 이후 『대통령의 글쓰기』라는 책이 베스트셀러가 되고, 빅브라더의 이미지가 농후한 트럼프가 대통령에 취임한 이후 미국에서 초판이 발행된 지 70년이 다 되어가는 조지 오웰의 『1984』가 동이 난 현상도 이 때문이다. 무엇보다 주목해야 할 비즈니스 트렌드는 단연코 디지털 테크놀로지다. 디지털 트렌드가 1인 1취향의 개성 존중의 시대와 욜로족의 탄생을 촉발했다. 끼니는 편의점 도시락으로 때우면서 2만 원에 가까운 수제버거 집에서 셀카를 찍어 스스로 만족하는 행위는 불황에 허덕이는 현실이 디지털을 만나면서 생긴 결과다.

세 번째는 다양한 정보를 피드백하는 시스템이다. 손안에 세계의 모든 정보가 실시간으로 잡히는 시대, 정보의 질이 운명을 바꾸는 시대다. 숙고와 다독을 통해 타인의 관점을 기록하는 습관은 기본이며, 실시간으로 최신 정보를 실어 나르는 SNS는 필수다. 더욱 중요한 것은 자신의 관점을 체크하고 보완해주는 패널그룹이다. 특히 소셜 미디어 대화를 통해 생생한 관점을 제공받아야 한다. 오늘의 사건이 오늘의 아이디어를 만든다. 추론과 연상에서 비롯되는 아이디어는 로켓과 같다. 열정의 에너지를 분사하고, 트렌드를 파악해 궤도에 진입하며, 피드백 시스템으로 가치의 공간에서 영원히 유영해야 하기 때문이다. 마지막으로 덧붙인다. 디지털 문화가 심화할수록 아날로그적 감성의 아이디어가 대세로 떠오른다. 시대가 변하더라도 변치 않는 아이디어의 원천이 여기에 있다. 희로애락과 생로병사의 세상사가 그것이다.

등잔 밑을 밝히는
생각들

영화 〈씨 오브 트리스〉는 〈사랑과 영혼〉처럼 인간의 영혼을 다룬 영화다. 죽은 아내(나오미 왓츠)의 영혼으로 분한 남자(와타나베 켄)에게 미안하다고 절규하며 눈물을 흘리는 남자 주인공(매튜 맥커너히)의 모습은 생경하고 이채로웠다. 가장 동양적인 정서를, 가장 미국적인 배우들이 연기하는 모습이 색다르게 다가왔기 때문이다.

크리에이티브 산업의 핵심 경쟁력은 '다름'이고, 그중 으뜸은 역발상이다. 광고로 예를 들어보자. 가수 아이유의 이미지는 청순함이다. 소주 참이슬 광고에서 그녀가 자신이 좋아하는 것으로 '이슬 한 방울'이라고 말하는 것이 어울리는 것은 제품과 모델의 이미지가 딱 들어맞기 때문이다. 이와 반대의 경우는 없을까? 오히려 제품과 모델이나 상황이 어울리지 않아서 눈에 확

들어오는 경우 말이다. 요즘 대세 아이돌 워너원의 'G마켓 스마일 클럽'의 광고가 그렇다. 아이돌이 광고에서 춤을 추거나 노래를 부르지 않는다니. 그들은 정승집 안방에나 있을 법한 병풍 속의 수묵화 안에서 그저 제품을 돋보이게 하는 역할만 했다.

역발상의 가치는 예술의 영역에서 더욱 빛을 발했다. 시대의 보편적 가치에 반하는 정반대의 생각이 새로운 장르를 탄생시킨 것이다. 초현실주의의 예를 들어볼까? 살바도르 달리는 시간이 절대적이지 않다는 물음으로 〈기억의 지속〉을 탄생시켰다. 제프 쿤스는 〈풍선 강아지〉에서 스테인리스로 만든 귀엽지 않은 거대한 강아지를 보여주었다. 심지어 르네 마그리트는 명백한 파이프 그림 밑에 '이것은 파이프가 아니다'라고 적었다.

역사 속으로 들어가보자. 프로이센의 프리드리히 대제는 탄수화물의 섭취를 위해 독일인에게 감자를 보급하려 했다. 그런데 사람들의 반응은 냉담했다. "이 망할 놈의 감자는 개도 안 먹는데 우리보고 어쩌라고!" 그는 기상천외한 방법으로 문제를 해결했다. 감자를 왕실 채소로 선포하고 왕족들만 먹을 수 있도록 군인이 지키게 했다. 그러자 '왕실이 경비병을 배치해 지킬 정도라면, 훔칠 만한 가치가 있을 것이다'라고 생각한 농민들은 하나둘 감자를 훔치기 시작했다. 18세기 중반 무렵에는 감자를 거래하는 거대한 지하상권까지 생겨났다.

터키에도 비슷한 사례가 있다. 튀르크 민족의 영웅 아타튀르크는 터키를 근대화하려고 여자들이 베일을 쓰는 것을 금지하고 싶었다. 예나 지금이나 대중의 관습을 바꾼다는 것은 어려운 일이다. 아타튀르크는 어떻게 했을까? 아타튀르크는 '창녀들은 꼭 베일을 써야 한다'는 법을 만들어 공표했다. 베일을 쓰면 창녀 취급을 받는 분위기를 조성한 것이다. 아타튀르크는 '베일 금지'에서 '창녀 필수'로 관점을 정반대로 전환했다.

등잔 밑이 어둡다는 말이 있다. '등잔 밑'은 자신의 그림자가 드리워 생기는 고정관념이다. 톨스토이도 '자신을 고집하지 않을수록 그만큼 자유를 갖게 된다'라고 했다. 역발상은 여기에서 한 걸음 더 나아가 용기와 모험심을 가지고 소수의 관점을 지향하는 세계다. 지금 당신이 매달려 있는 생각의 반대편으로 가라. 그곳은 사람들이 모여 있지 않는 곳, 당연히 기회가 숨죽이며 기다리는 곳이다. 비유하자면 시끌벅적한 백주대로가 아닌 인적이 드문 한산한 골목길에서 당신만의 여인을 만나기 쉽다는 뜻이다.

고등어 비린내를
없애는 방법

대치동 수학학원에 가면 '거꾸로 학습법'이라는 게 있다. 예습을 한 학생이 칠판 앞에서 문제를 풀며 다른 수강생들에게 설명한다. 학생이 교사의 입장이 돼서 공부한 것을 가르치게 한다. 이 학습법을 고안한 학원은 업계에서 자리를 잡은 듯했다. 가르치는 게 진짜 실력이 된다는 건 당신도 아는 사실이다. 운전이든 요리든 누구나 그런 경험이 있을 것이다. 그런데 왜 우리는 그 학원의 원장이 되지 못했을까? 선생은 선생이고 학생은 학생이라는 기존의 상식이 우리를 지배하기 때문이다. 물론 상식은 안전하다. 그러나 그만큼 성과를 거둘 확률은 낮아지기 마련이다.

물고 물리는 경쟁의 시대, 상식의 반대편으로 가라. 상식의 반대편엔 사람이 별로 없다. 독야청청의 가능성이 많은 곳이다. 흔히 상식 반대편의 생각을 역발상이라고 한다. 전기가 없던 시절로 돌아가보자. 겨울이 다가오면 양초의 소비가 늘어났다. 일찍 어두워진 시간만큼 불을 밝혀야 더 오래 일을 할 수 있는 법이다. 필요한 것은 빛인가? 일할 수 있는 시간인가? 문제의 본질은 노동량이다. 양초가 아니라 시간이라는 문제의 핵심을 읽은 사람이라면, "밝은 아침에 좀 더 일하고 저녁에 일찍 자면 되겠네"라고 생각할 것이다. 이것이 서머타임의 시작이다. 알렉산더 대왕도 이 방면의 대가다. 알렉산더는 고르디우스의 신전에 묶인 짐수레의 매듭을 풀어야 했다. 손으로 풀었을까? 쩔쩔매면서? 그는 매듭의 역할을 제거하면 된다고 생각했다. 자르는 것이나 푸는 것이나 짐수레를 매듭에서 분리하는 것이니, 그는 단숨에 검으로 매듭을 내리쳤다. 역발상은 문제 자체를 반대의 관점에서 바라본 결과물이다.

강릉에서 중요한 미팅이 잡혀 있을 때 KTX는 가장 유용한 교통수단이다. 1시간 반 졸거나 자료를 들추어보는 사이에 공간 이동이 가능하다. 그렇다면 KTX와 경쟁할 수단은 무엇일까? 자동차나 비행기라고 생각하는가? 그렇다면 속도나 요금, 안전성 같은 실리적 혜택에서 답을 찾은 것이다. 그러나 이것은 누구나 할 수 있는 생각이다. 새로운 해법이 가능한 반대의 관점은 무엇일까? 반대의 관점을 얻기 위해 당연히 우리는 반대로 물어야

벽이 문이 되는 순간

한다. KTX를 타야 하는 이유가 아니라, KTX를 타지 않을 수도 있는 이유를 질문해야 한다. KTX를 타지 않아도 된다면 그 이유는 무엇일까? 이런 역발상의 물음을 통해 손바닥 안의 스마트폰이 코레일의 또 다른 경쟁자였음을 발견할 수 있다. 스마트폰의 화상통화는 단순한 업무처리 정도라면, 굳이 만나서 시간과 비용을 소비하지 않고도 일을 해결해준다.

그렇다면 다시 한번 묻자. 스마트폰이 따라잡을 수 없는 KTX의 경쟁력은 무엇인가? 세상의 모든 일은 기계적으로 처리되지 않는다. 비즈니스의 세계에선 더욱더 그렇다. 설득은 논리로만 가능한 것이 아니며, 능력으로만 프로젝트를 수주할 수도 없다. 거기에 안정성과 인간적 신뢰가 보태어질 때 비로소 빛을 발할 수 있다. KTX는 그래서 필요하다. 그때 그곳에서 그들과 함께 나눈 웃음과 마주 잡은 따스한 손을 기억하는가? 직접 만나는 아날로그적 소통 방식이야말로 관계의 진정성을 의미한다. 어려운 일일수록 직접 만나야 해결되는 것도 그 때문이다. 나는 고향에 계신 부모님에게 화상 전화를 드리며 직접 명절에 가지 못하는 자식의 숨겨진 미안함을 광고 캠페인에 있는 그대로 담았다. '이제 당신을 보내세요'라는 광고 메시지는 그래서 태어났다. 얼마 전『나이키의 경쟁자는 닌텐도다』를 읽었다. 나이키는 집에서 게임에만 몰두하는 젊은 층이 문제라고 본 것이다. 지금 당신이 싸우는 상대는 누구인가? 혹시 싸움의 상대를 잘못 설정하진 않았는가? 정반대의 관점에서 질문을 찾아보라.

개콘의 연기자들은 아이디어의 달인들이다. '리얼 사운드'라는 코너가 있다. 소리를 흉내 내는 코너다. 파리가 우는 소리를 어떻게 표현했을까? 귓속으로 들어간 파리를 손으로 쳐서 쫓아내는 행동으로 표현했다. 소리를 행동으로 바꾸어 전달하는 기발함으로 시청률을 올린 것이다. 상식적인 상황이나 역할을 거꾸로 규정하는 것에서 반전의 묘미는 태어난다. 초현실주의 작가 살바도르 달리는 〈기억의 지속〉이라는 작품에서 절대적 규칙성의 대상인 시간을 상대적 유연성의 개념으로 바꾸었다. 피에로 만초니는 의자를 뒤집어 놓고 지구를 떠받치는 자리라는 뜻으로 '세계의 대좌'라고 이름을 붙였다. 페르난도 보테로는 고도비만에 가까운 신체를 아름다움으로 표현한 화가다. 기존의 세계를 전복해야 새로운 세계가 태어난다. 변기통을 뜯어 현대미술을 출발시킨 뒤샹도 마찬가지다.

자, 이제 당신 차례다. 당신의 책상 위에 비린 냄새를 풍기는 고등어가 있다. 냄새를 없애는 방법은 무엇일까? 냉장고에 넣는다. 비닐포장을 한다. 고양이에게 던져준다. 향을 피운다. 과자와 바꾸어 먹는다. 재빨리 조리한다. 자, 다시 생각해보자. 문제의 본질은 무엇인가? 반대의 관점으로 가보자. 고등어인가? 냄새인가? 냄새라고 생각했다면, 이런 역발상의 대답이 가능하다. 내 코를 막는다. 모든 가치는 상대적이다. 풀리지 않는 문제가 있다면. 역발상의 관점에서 다시 생각해보자는 이야기다.

폭스바겐의 광고를 만든
분에게

올 초 계획했던 큰일 이루셨나요?

이루지 못해 아쉽다면 한번 생각해보세요.

큰일 없이 안전했던 날,

큰일 없이 함께한 휴가,

큰일 없이 반복된 하루,

큰일 없이 자라는 사랑.

돌아보면, 2018년은 큰일 없이 작은 행복들로 가득했습니다.

2019년에도 폭스바겐이 함께하겠습니다.

아침 출근길에 들은 폭스바겐의 광고다. 폭스바겐은 실용적
가치를 지닌 차다. '작은 것이 아름답다'나 '못생겼습니다'란 탁
월한 광고도 그런 배경에서 태어났다. 큰 차의 허세를 버리고,

작지만 경제성과 편리성이 뛰어난 폭스바겐을 선택하라는 주장이다. '큰일 없이 작은 행복들로 가득했습니다'라는 이번 광고도 그 전통을 따랐다. 품격 있는 아이디어에 박수를 보낸다.

아이디어는 '추론推論'이라는 시금치를 먹고 '연상聯'이라는 강력한 에너지를 얻은 뽀빠이와 같다. 추론이란 사물, 사건을 유심히 관찰해서 새로운 관점을 얻는 단계다. 그 관점은 연상을 통해 새로운 개념이나 상징으로 전환된다. 마블링은 고기의 맛과 식감을 살린다. 추론과 연상의 과정엔 인문적 소양이 마블링의 역할을 한다. 그것을 통해 우리는 타인이 겪는 다양한 인생사를 맛본다. 따라서 풍부한 인문적 소양은 인간 세상에 존재하는 다양한 관점과 무수한 연상력의 바탕이 된다.

인문적 소양을 키우는 방법은 무엇일까? 먼저 필사筆寫가 있다. 따라 해보는 것이다. 시대의 스승이라 할 만한 사람들의 생각을 그대로 옮기는 것이다. 기초 체력이 튼튼해야 자신만의 영역을 개척할 수 있다. 그다음은 기록의 습관이다. 슬퍼서 울지만 울다 보면 슬퍼지기도 한다. 기록을 놓치지 않은 습관이 호기심과 관찰력을 키우기도 한다.

마지막은 특히 비즈니스를 하고 계신 분들에게 전하는 당부다. 양질의 소셜 미디어 친구들을 가까이 둬라. 독서만으론 고인

벽이 문이 되는 순간

물이 되기 쉽고, 고인 물은 썩기 쉽다. 돈은 트렌드라는 생수를 타고 흘러 다닌다. 어제 벌어진 세미나의 최신 자료가 오늘 내 자리에 도착해 있어야 한다. 그런 분들의 스마트폰은 기록의 저장소고, 생각의 발전소다. 습작하고 기록하고 공유하는 생각의 네트워킹을 작동해라. 이 칼럼도 내 호기심과 창의성을 유지하고 키우고 넓히는 아이디어 엔진 작동법의 방편이다. 폭스바겐의 광고를 만든 분도 내 의견에 동의해주리라.

인간적인,
너무나 인간적인

　교수들이 해외 세미나를 갔다. 여장을 풀자마자 한 방으로 모였고, 시차에서 오는 피로를 달래려 면세점 양주 한 병을 그 자리에서 비웠다. 잠은 다음 날 버스에서 자기로 마음먹었다. 대부분 여행 가이드는 설득의 달인이다. 가이드는 아를의 카페 앞에서 교수 일행을 모아놓고 말했다. "여기가 고흐가 밤하늘의 별을 바라보며 술을 마시던 곳입니다. 이 술이 악마의 술이라고 하는 바로 그 압생트입니다." 당신이라면 피곤하다는 이유로 졸고 있을까? 고흐가 귀를 자를 때 마신 술이라는데. 기선을 제압한 그는 고흐가 그의 유일한 후원자인 동생 테오에게 전한 절절한 편지와 우정을 나누다 떠나버린 고갱의 이야기 몇 토막까지 곁들인다. 일행은 쓰린 속을 부여잡고 가이드에게 주목했다.

　이때 압생트는 단지 술이 아니다. 고흐의 가난과 고독과 광기의 상징이다. 술에 고흐라는 신화가 덧씌워져 고객의 머릿속에 브랜드로 자리 잡게 되는 것이다. 이것이 종래의 브랜드 마케팅의 관점이다. 다시 말해 마케팅이란 설득과 선택의 과정인데, 제품의 실체가 아니라 고객의 인식이 작용한다는 것이다. 그래서 제품에 좋은 이미지를 만들어 소비자의 골목을 지키면 곧 선택된다는 것이다. 그러나 디지털 세상에서 이런 관점은 통용되지 않는다. 비교해볼 데이터나 정보가 넘쳐 나는 세상이다. 스마트폰만 누르면 제품의 정보가 고스란히 드러난다. 인식이 아니라 제품 그 자체가 중요하다. 블루오션이니 퍼플카우니 하는 것들은 그래서 생긴 개념이다. 변해가는 트렌드의 선두에 디지털 테크놀로지가 있다. 당신의 스마트폰이 바로 그 결정체다.

젊은 층의 하루 스마트폰 사용 시간은 얼마나 될까? 지하철, 길거리, 카페를 둘러보라. 우리네 삶이 스마트폰 안의 화면 속에 갇혀버렸다. 헨리 젠킨스는 『컨버전스 컬쳐』에서 "새로운 기술이 파생시키는 문화적 현상"에 주목하라고 했다. 모두 게임과 소셜 미디어와 짧은 동영상에서 정보를 탐색하고 관계를 쌓고 휴식을 즐긴다. 어떤 것들인가? 자극적이고 무책임한 내용이 넘쳐난다는 점에 동의할 것이다. 더 나가볼까? 천재 바둑기사가 인공지능에 밀려 자존심을 구겼다. 인간이 만드는 거니까 인간만 잘하면 된다고? 과연 그럴까? 영화 〈그녀〉는 인공지능이 만든 허상의 여인에게 사랑을 느끼고 버림받아 절망에 빠진 인간의 상황을 보여준다. 인간의 머리를 뛰어넘어 인간의 감정을 흉내 내는 기술이 과연 불가능할까? 알 수 없는 일이다. 인터넷과 정보통신기기가 융합된 디지털 혁명으로 생활과 문화가 빛의 속도로 바뀌고 있다. 디지털이 안내할 미래의 세상은 어떤 모습일까?

올레길은 '좁은 골목'을 뜻하는데 올해로 10년을 맞았다. 770만 명이 걸었고, 제주 발전의 일등 공신이 됐다. 제주에서 시작된 걷기 열풍은 지리산과 북한산을 거쳐 전국으로 길을 뚫어 나갔다. 실직의 상심도 이곳에서 잊었고, 인생을 다시 걸어 나갈 준비를 한 것도 이 길에서였다. 몸으로 부딪쳐 얻은 위로이고 깨달음이었다. 앞으로도 올레길을 찾는 사람이 계속 늘어날 것이다. 사실 디지털이 가져온 생활의 편리함만큼 정신적인 피곤함도 만만치 않다. '좋아요'를 받기 위해 '좋아요'를 누르는 것은 아닌지. 소셜 미디어 안의 자신이 정작 자신의 모습인지. 위선이나 자기 검열의 문제만 있는 것이 아니다. 집중력의 분산, 익명성이 불러온 무책임한 댓글 문화, 과도한 몰입에 의한 운동성 약화, 순수 창의성의 퇴화 같은 문제도 있다.

따라서 디지털 세상이 열릴수록 인간이 가진 정신적 미덕을 잊지 않으려는 반작용은 당연하다. SNS가 연대와 결속의 가능성을 높이는 수단이 되리라는 희망을 품는 것도 그 때문이다. 디지털 기술은 인간성이 빛을 발하는 아날로그적 콘텐츠와 결합해야 시너지를 낼 수 있다. 날마다 발전하는 디지털 기술은 그릇인 셈이고, 인간적인 감수성으로 가득 찬 콘텐츠는 거기에 담길 맛있는 음식이다. 우리는 시대적 감각이 살아 있는 그릇에 담길 품위 있고 격조 있는 음식을 준비해야 한다.

디지털 시대의 마케팅 커뮤니케이션은 Context(맥락), Content(콘텐츠), Contact(접촉) 3C로 이루어진다. 제품의 셀링 포인트를 고객의 관점이 반영된 콘텐츠로 만들어 전달하는 것이다. 마케팅 왕국 코카콜라의 발 빠른 변신을 보자. 코카콜라는 2011년 '콘텐츠 엑설런스Content Excellence'로 마케팅 방향성을 정하고 '나누다Divide'라는 주제로 7개의 테마를 선정해 글로벌 캠페인을 전개했다. 떨어져 있는 앙숙지간인 나라의 국민이나 스포츠 라이벌의 팬들이 자판기를 보고 상대에게 인사하면 자판기로 콜라를 나눠 주었다. 스마트 센싱Smart Sensing의 디지털 기술이 사람 사이의 간극을 좁힌 것이다. 코카콜라 캡을 이국만리 가족과 통화할 수 있는 코인으로 쓸 수 있게 만들기도 했다. 드론을 건물 옥상에 띄워 코카콜라와 함께 감사의 편지를 전달해서 이국 땅에서 일하는 노동자들과 마음을 나눴다. 열대의 나라에 하얀 눈을 선물하고 이국땅의 아버지에게 감사의 마음을 나누었다. 사람들의 따뜻한 이야기를 디지털 기술에 실어 나른 것이다. 유튜브를 열어보라. 부지기수로 확인될 것이다. 이 캠페인은 세계 광고제에서 많은 상을 휩쓸었다.

대한항공의 '내가 사랑한 유럽' 캠페인도 모범적이다. 자신이 가고 싶은 여행지를 응모하면, 그 결과를 광고로 발표했다. 소비자들을 마케팅에 참여하게 함으로써 고객을 넓히고 새로운 여행 상품까지 개발했다. 광고가 비즈니스 플랫폼의 역할까지 한 것이다. 꿩도 잡고 알도 먹었다는 이야기다. 디지털 플랫폼 안에서 고객을 놀게 하라. 다만 인간적인 이야기를 담아라. 디지털 세상의 피곤함으로 물든 삭막한 세상일수록 인간의 이야기가 그리워질 것이다. 〈인간시대〉의 따뜻한 관계, 〈응답하라〉 시리즈의 그리운 시절, 〈나는 자연인이다〉의 산 사람들의 이야기는 그래서 그렇게 끝없이 이어질 것이다. 오로라가 장관이라는 아이슬란드로 이민을 가고, 쌍계사 벚꽃이 근사한 지리산 자락으로 이주하는 사람도 그래서 생겨나는 것이니까.

2장

시대의
흐름 위에
올라타기

벽이
문이다

　수원 경기대학교 창업지원단 한우리관 4층에서는 창업을 희
망하는 대학생들의 홍보UCC공모전이 열렸다. 예선을 통과한
13개 팀이 스마트인형이나 친환경 초발수기능성 코팅 소재, 대
학생 미팅 앱 등 홍보UCC를 만들어 발표했다.

　맞춤 강사 섭외업체 강사인포의 홍보UCC를 발표한 한 청년
은 "동영상의 수준을 높이기 위해 전공과 상관없는 디자인 관련
학원을 몇 개월간 따로 수강해야 했다"고 밝혔다.

　건국대학교 영화동아리팀에서도 출품했는데, 영화든 홍보
UCC든 동영상공모전이라면 가리지 않고 출품한다고 했다. 이
들의 참가 이유는 단지 상금 때문만은 아니었다. 정말로 창업을
해보겠다는 것이다. 취업은 후순위라고 한다. 참가자들의 눈빛
은 날이 선뜻 또렷했고 목소리는엔 패기가 넘쳤다.

그날 오후 코엑스 그랜드볼룸에서는 교육 전문기업 에듀윌이 주최한 공인중개사 합격 축하연이 열렸다. 강사와 합격생이 함께 모여 공연과 저녁을 즐기며 그간 노력의 결실을 나누었다. 지난해 30년간의 직장 생활을 끝낸 한 참가자는 1년간 고민의 시간을 보냈다고 했다. 그러다 분명히 부동산 경기는 나아지리라 생각해 공인중개사에 도전했다. 젊은이들이 많은 학원을 피하려 인터넷 강의로 공부했고 올해 드디어 합격했다.

세 아이가 잠든 시간을 이용해 새벽까지 공부를 이어갔다는 다둥이 맘, 30년 전 부모님께서 농지와 택지를 사면서 겪은 우여곡절로 알게 된 공인중개사의 위력 때문에 도전하게 됐다는 중년의 여성도 웃음꽃을 피워냈다. 그뿐만 아니라 엄마와 딸, 삼촌과 조카 등 가족 합격생들도 나왔다. 에듀윌 고객센터를 맡은 본부장은 "이 같은 행사는 매년 개최하는데 올해는 신청 1시간 만에 마감되어 사상 최대의 합격생 중 750여 명만이 참석했다" 며 동분서주 자리 사이를 누비고 다녔다. 에듀윌 측은 "고객의 꿈이 이루어지는 것이 우리의 꿈"이라고 말했다.

불황과 불안의 연말이다. 지금 당신 옆자리에는 취업보다 창업을 꿈꾸는 학생들이 있고 인생 이모작을 위해 두려움 없이 새로운 길을 열어가는 초로의 노인도 있음을 기억해야 한다. 지금

벽이 문이 되는 순간

당신 앞을 가로막은 벽은 생각보다 훨씬 높고 굳건할 테지만, 원천적으로 벽은 차단하기 위한 것이 아니라 제한하기 위해 만들어졌다. 당신이 벽 앞에 주저앉아 있을 때 누군가는 그 벽을 넘기 위해 부딪히고 매달리고 기어오른다는 것이다. 시인 도종환은 그런 이들을 담쟁이에 빗대어 벽 앞에서 고개를 떨구고 있는 무리들 가운데 '담쟁이 잎 하나는 담쟁이 잎 수천 개를 이끌고 결국 그 벽을 넘는다'고 노래했다. 시인은 위기에서 기회를 보고 벽을 보고 문이라고 믿는 사람들에게서 희망을 찾는다.

내 경우도 마찬가지였다. 성공하리라 믿었던 경쟁 프레젠테이션에서 실패할 때가 비일비재했지만, 주위에서 말렸던 일에서 좋은 결실을 볼 때도 있다. 그러니 상황에 휘둘리지 않고 결정을 내릴 수 있는 변치 않는 원칙이 필요하다. 자기만의 소신 말이다. 내 경우는 이 일이 결국 내 이력에 도움이 되느냐 마느냐였다. 실패하더라도 훗날을 위한 담금질이 될 것이라면 덤벼들었다. 요절한 청춘의 우상 제임스 딘의 말처럼 평생 살 것처럼 꿈꾸고 오늘 죽을 것처럼 살아가야 한다. 두려움의 반대는 용기가 아니라 믿음이다.

디지털의
천재들이 사는 땅

　　최근 아마존은 무인 결제 상점, 아마존고를 일반에 공개했
다. 스마트폰에 앱을 깔면 줄을 서지 않고도 물건을 살 수 있다.
매장 안의 물건을 가지고 나가는 순간 자동으로 결제가 이뤄진
다. 네이버 스노우는 얼굴인식 기술을 기반으로 한 앱이다. 사진
을 찍으면 각종 캐릭터가 얼굴에 입혀져 재미있는 화면으로 바
꿔준다. 이 디지털 브랜드는 일본 소프트뱅크와 미국 세쿼이아
캐피털에서 5,000만 달러 규모의 투자금을 유치했다. 컨버전스
가 만든 파생상품이 속속 등장한다. 디지털 시대의 비즈니스를
위해 당신과 우리는 어떤 준비를 해야 할까?

　　스마트폰 안으로 세상의 콘텐츠가 몰리는 요즘이다. 디지털
의 관계망에서 정보와 관점을 공유할 좋은 친구들을 만나라. 페
북이나 트윗으로 어제 열린 심포지엄과 세미나의 정보들이 쉴

새 없이 날아오게 하라. 타인의 주관적 시각과 보물 같은 인사이트가 담긴 자료를 발견할 수도 있다.

한발 더 들어가보자. 구슬이 서 말이라도 꿰어야 보배라고 했듯이 좋은 정보도 활용되지 못하면 소용 없다. 매일 만나는 낱낱의 데이터나 정보를 모으고 저장하고 결합해 활용하는 습관이 필요하다. 사진이나 영상, 글 등의 텍스트로 그때 그곳의 인상과 느낌을 수시로 기록하라. 지하철 출입문의 시구절이나, 휴게소 화장실에 붙어 있는 명언도 상관없다. 그렇게 당신의 하루는 기록의 과정이어야 한다. 기록된 것들은 모년 모월 어떤 계기를 통해 호기심이나 질문으로 이어져 서로 결합하고 전환돼 새로운 가치의 '최초의 관점'으로 태어난다. 기록의 습관이 창조의 어머니가 되는 것이다.

한낮에는 늘 평온할 것 같은 자연의 숲이 한밤중에는 음모가 도사린 두려움으로 변한다는 것도 기록의 과정에서 얻게 된 인식의 확장이며 깨달음이다. 세상에 무수히 많은 '사과'가 존재하듯이 부단한 기록의 과정에서 사물의 상징성이 무한대로 열려 있다는 것을 깨닫게 된다. 요약하면 친구 따라 강남 간다는 말이 있듯이, 디지털 친구들을 잘 두라는 것이다. 스마트폰을 자료의 저장고로, 생각의 발전소로 만들라는 이야기다. 그런데 문득 이런 생각이 들었다. 잡스나 저커버그가 우리나라에서 태어났다면

어떻게 되었을까?

디지털 천재들이 뛰어놀 토양에 대한 이야기다. 오프라인과 온라인의 특성이 상반되듯이 디지털 시대의 천재들도 양면적 성향의 소유자일 가능성이 크다. 앞서 언급했거니와 그들은 활력적이면서도 혼자만의 휴식 방법을 갖고 있고, 명석함과 순진함, 장난기와 진지함, 공상적 취향과 현실성, 겸손함과 자존감, 심지어 개혁적인 성향을 보이면서도 전통적인 관습마저 존중하는 사람일 확률이 높다는 것이다. 시대를 앞서 끌고 간 천재들을 떠올려보라. 그들은 양극단의 가치관을 모두 지녔기에 새로운 관점, 소수의 관점을 발견한다. 사람들이 보편적으로, 또는 상식적으로 생각하는 평범함을 뛰어넘는 것이다. 남들이 쉽게 바라보는 것의 이면, 정반대편의 모습까지도 볼 수 있는 능력자다.

그런데 이런 사람들이 우리나라의 조직 문화에서 리더의 자리까지 무사히 오를 수 있을까? 장유유서의 유교 문화와 상명하달의 군대 문화와 일사불란의 조직 문화 속에서 말이다. 범인이 보면 종잡을 수 없는 비범함은 대부분 괴팍함으로 평가절하될 것이다. 고분고분한 순응형과는 거리가 멀어서 비조직적인 사람으로 낙인찍히거나 질투의 대상이 될 것이다. 그러니 이들의 운명은 자신의 기량을 펼치기 전에 콘크리트보다 단단한 조직 문화의 벽부터 뚫어야 하는 운명이다. 고액을 주고 영입한 글로벌 인재들이 기량을 펼칠 수 있는 토양을 만들어야 한다. 특히 수많은 인재가 경쟁하는 규모가 큰 기업일수록 그렇다. 디지털 천재들이 맘껏 뛰어놀 수 있는 놀이터를 만들어보자는 이야기다.

벽이 문이 되는 순간

낙타가 사막을
건너는 법

일전 어느 세미나에서 4차 산업혁명 시대를 대비하려면, 낙타의 인내와 사자의 용맹함, 아이의 순수한 상상력이 필요하다는 발표를 들은 적이 있다. 재미있는 관점이었지만, 관념적인 총론에 그쳐 아쉬웠다. 좀 더 들여다보면 낙타는 생존을 위한 자기 진화적 체질 개선을 통해 사막을 건넌다. 낙타의 등은 사막을 건널 때 필요한 물의 저장소이고 두껍고 긴 속눈썹은 모래 바람을 막아주며, 기린에 버금가는 긴 다리는 모래밭의 이동을 위한 필수 조건이다. 디지털 시대의 긴 터널을 지나가는 우리에게 좀 더 구체적인 좌표가 필요하다.

몇 해 전 개그맨 이경규가 '눕방'을 해서 화제가 됐다. 강아지와 누워서 방송해서 시청률을 올린 것이다. 출연자가 누워서 방송을 하다니, 예전 같으면 상상할 수 없는 일이다. 이 '마리텔'

이라는 프로그램은 동시간대 시청자들에게 실시간으로 댓글을 달게 하고, 그 반응 결과를 반영해서 순위를 결정한다. 여기에서 그는 기세 좋게 몇 주간 1위를 차지했다. 그다음에는 자신이 좋아하는 낚시로 새로운 시도를 했다. 찌만 던져놓고 5분 10분이 지나갔다. 작가들이 쓴 자막이 없다면 하품이 나올 지경이었다.

그런데 이 아이디어도 시청자들의 수많은 댓글을 유도해 다른 프로그램들을 제치고 1위를 차지했다. 디지털 세상의 바쁜 일상에 시달려 한적한 물가에서 강태공이라도 되고 싶었던 걸까? 프로그램 만들기의 천재라는 나영석 PD는 〈1박 2일〉의 제작자다. 강호동과 출연자들에게 까나리액젓을 먹이고 한겨울에도 얼음 연못 속으로 뛰어들게 해 시청률을 올렸다. 그런 그가 슬며시 〈꽃보다……〉 시리즈를 내놓았다. 한때의 스타였지만 인생의 희로애락을 달관한 할아버지, 할머니들의 세계 여행기는 자신들만이 간직한 만고풍상의 개인사를 여과 없이 들려주며 따뜻한 우정을 그려 냈다. 〈삼시세끼〉에서는 젊은 스타들을 외딴 시골이나 섬으로 보내 강아지나 고양이, 양들과 함께 어울려 지내며 밭에서 따온 채소나 시골장터의 구멍가게에서 사온 반찬으로 삼시세끼를 지어먹는 모습을 그대로 보여줬다. 그는 대한민국의 관광 도시 강릉이나 경주나 전주 등 오래된 도시들을 찾아가 숨어 있는 역사나 사람들의 이야기를 들려주는 〈알쓸신잡〉과 같은 콘텐츠도 만들었다. 이들 프로그램은 대부분 높은 시청률을 기록했다. 아날로그적 이야기가 점점 더 많은 사람의 공감을 얻는다.

디지털 테크놀로지는 수출로 먹고사는 대한민국에 새로운 기회를 제공한다. 하지만 문화적으로 관계의 피곤함과 자칫 소외를 가중하는 양면성도 있다. 디지털 시대의 스토리는 재미있는 유머든 감동적인 동영상이든 좀 더 인간적인 이야기여야 한다. 고향이나 전원 생활의 향수를 불러일으키는 프로그램이 꾸준한 시청률을 올리는 것도 그런 이유 때문이다. 〈효리네 민박〉의 무대가 제주도가 아니더라도 그렇게 관심을 끌 수 있었을까? 자연에서 살아가는 사람들의 이야기가 수년째 이어지는 이유도 마찬가지다. 밀레니얼 세대가 끊임없이 디지털로 소통하고 생활하지만, 오프라인에서는 혼밥이나 혼술처럼 '나의 행복'에 집중하기 위해 '자발적으로 혼자되기'를 즐기는 경향을 제대로 읽어야 한다. 디지털 때문에 오히려 아날로그적 삶이 가능해진 역설적 모순을 이해해야 한다.

한때 최대 유행어였던 욜로는 실용적이면서도 개성적인 사람들이다. 희소성을 찾는데 대중성 또한 놓치고 싶지 않다. 이렇게 극단의 모순이 대립하며 공존하는 것은 디지털 기반의 4차 산업혁명이라는 정체불명의 공룡 앞에서 감성적 자존감과 균형감을 잃지 않으려는 우리의 노력 때문일 것이다. 디지털이냐 아날로그냐의 문제도 마찬가지다. 극단에서 존재하나 서로 병립해야 그 가치가 살아날 것이다. 디지털은 기술적으로 우리의 삶을 진보시킬 것이다. 그러나 사색과 사랑과 봉사라는 인간의 휴머니즘적 DNA를 품을 때 의미가 있다. 어느 통신업체의 슬로건처럼 기술은 사람을 향해야 한다. 한마디로 당신의 스마트폰은 인간 세상의 감동적인 전달자가 돼야 한다. 당신이 그렇게 살아가야 한다.

온리미 시대의
두 얼굴

2017년은 온리미<small>Only Me</small>의 시대라고 한다. 개인주의적 가치와 소비 성향이 더욱 심화하고 있다. 2014년 하비니콜스 백화점은 '올해 크리스마스는 당신 자신을 위해서 선물하세요'라는 역발상의 캠페인을 펼쳤다. 경이로운 매출 신장을 가져왔고, 칸 광고제에서 대상을 수상했다. 필자가 만든 2015년 한화생명 캠페인의 콘셉트도 '당신의 오늘을 위해 사세요'였다. 법정 스님의 일기일회一期一會, 즉 "지금의 이 순간은 단 한 번의 순간이며 지금 이 순간의 만남은 단 한 번의 인연이다"라는 말씀에서 영감을 얻었다. 프랭클린 루스벨트의 영부인 엘리노어 루스 루스벨트 여사도 "어제는 역사, 미래는 미스터리, 오늘은 선물"이라고 했다. 사람들은 곧잘 지나가버린 과거에 대한 후회나 벌어지지 않을 미래에 대한 불안감으로 소모전을 벌인다. 불완전한 인간이

겪는 인생의 통과의례지만, 분명한 건 이걸 통제해야만 행복에 다가설 수 있다는 사실이다. 악착같이 부여잡자. 내 앞에 있는 오늘이 진짜 인생이다.

온리미 시대란 결혼이나 출산에 대해 속박되지 않고, 내 집 마련도 집착하지 않는 개인의 현실 중심의 가치관을 말한다. 여기엔 깊어가는 서민 경제의 불황이 한몫했을 것이다. 기후 변화로 인한 자연재해나 연이은 대형 안전사고도 작용했을 것이다. 디지털 테크놀로지나 소셜 미디어가 가져온 부작용, 예를 들면 지나친 관계 지향성, 집중력의 분산도 영향을 미쳤을 것이다. 기업의 마케팅 담당자들은 이들의 돈 지갑을 열기 위해 머리를 쥐어짜며 공략해 들어갈 것이다. 개인주의로 만연한 삶의 모습은 어떻게 변해갈 것인가?

"나는 숲에 간다. 삶의 가장 본질적인 것들만을 대면해보고 싶기 때문이다." 헨리 데이비드 소로가 한 말이다. 한 세기 반이 지난 지금 혼자 자연을 찾아 떠나는 여행객이 늘고 있다. 호주의 '솔로 트레블러'는 그런 사람들만을 위한 블로그다. 혼자만의 시간에 자연의 아름다움을 음미하고, 자신을 돌아보는 계기로 삼는 것이다. 자연뿐이랴. 나 홀로의 시간은 독서나 예술적 경험을 통해 내면을 키우는 계기도 될 것이다. 걱정도 있다. 인간의 위대함은 봉사하는 마음에 있다. 인간만이 다른 사람의 행복을 위해 자신을 희생할 줄 안다. 이 정신이 사회를 지탱하고 결속시킨다. 그러나 각자도생의 시대에도 이웃과 행복을 나누겠다는 마음을 기대할 수 있을까?

집으로 돌아가는 길에 연등축제가 벌어진 청계천변을 따라 걸어가는데, 불현듯 피아노 건반과 함께 "우리가 절반의 경계에서 절제할 수만 있다면 환희와 비탄, 승리와 패배라는 대적의 언어라도 얼마든지 동반의 지위를 얻을 수 있으리라 믿습니다"는 돌아가신 신영복 선생의 말씀이 떠올랐다. 반음이 절반의 음이지만 동반의 음이듯이, 모두의 문제에 대해선 어깨동무를 하고 나란한 보폭으로 걸어가야 하리라. 따로 또 같이.

벽이 문이 되는 순간

디지털 시대의
마케팅 발상법

롯데 멤버스가 발간한 트렌드 리포트 「2017 TREND PICK」
에 따르면, 젊은 소비층의 1일 평균 모바일 사용 시간이 4.4시간
에 달하는 것으로 나타났다. 또한 성인 인구의 4분의 1이 모바일
결제 시스템을 이용하는 것으로 조사되었다.

특히 젊은 층의 48.2%는 하루에도 여러 번 모바일을 통해
SNS에 접속하며, 51.5%는 '정보탐색 및 지식공유'를 이용하
는 것으로 집계됐다. 44.6%는 '개인의 일상과 관심사 공유'를,
39.9%는 '네트워킹'을 위해 SNS를 이용했다. 포스트 디지털의
새로운 마케팅의 아이디어는 무엇인가?

먼저 고객 접점 운영 능력이다. 홈페이지, 제품 패키지, 매장
도 중요하지만 디지털 플랫폼, 특히 모바일과 연계된 플랫폼의
중요성이 커지고 있다. 핵심은 오프라인과 온라인이 통합된 옴

니채널 전략에 있다. 아마존 같은 온라인 쇼핑몰에 밀려 고전하던 오프라인 전자 양판점 베스트바이Best Buy가 다시 일어선 것은 온·오프라인의 고객 접점을 효율적으로 통합해 운영했기 때문이다. 명품도 예외가 아니다. 대형 백화점의 1층 입점만 고집하던 샤넬은 온라인 유통을 선언했다. "샤넬을 입으려면 누구라도 샤넬의 피팅룸에 와야 한다"는 자존심을 접은 것이다. 채널이나 유통 관리가 디지털 시대 마케팅의 분수령이 되고 있다. 제품이나 서비스는 어떻게 새로운 블루오션과 퍼플카우를 창조할 것인가? 구글의 알파고는 상상을 초월한 마케팅 효과를 거뒀다. 전광석화 같은 마케팅으로 인공지능이라는 미래 비즈니스 시장을 선점한 것이다. 초연결의 시대, '더 좋은 것'보다 '더 빠른 것'이 우선이다. 디지털의 특성처럼 기동성과 유연함이 생명이다.

　IDEO의 '고객 경험 중심' 관점은 남다른 철학을 제공한다. 그들의 발밑에는 공장이 있다. 책상에서 벗어나 직접 시제품을 만들어 사용해본다. 디자인은 단지 그림이 아니라 경험의 반영이라는 해석이다. 빅데이터의 유행도 기술 용어가 아니라, 결국 고객의 생활 트렌드를 읽어 제품에 반영하기 위한 노력이다. 콘텐츠 마케팅에 대한 인식 전환도 중요하다. 콘텐츠를 브랜드와 관련된 글, 사진, 이미지라고 정의해서 바이럴 마케팅의 한 수단으로만 이해하는 것은 지나치게 소극적인 관점이다.

광고나 PR 같은 마케팅 커뮤니케이션은 어떤 변화가 있을까? 디지털 혁명의 소용돌이에서 살아남기 위해 광고 대행사들도 새로운 커뮤니케이션 모델을 찾고자 안간힘을 쓴다. 래플리 P&G CEO는 "소비자들이 실질적으로 브랜드를 소유하는 것은 물론 뭔가를 창출하기 시작했다. 우리는 브랜드를 그들에게 자연스럽게 녀줄 수 있어야 함을 배워야 한다"고 말했다. 기업이 주체가 되어 브랜드를 관리하는 시대가 아닌 소비자가 주체가 되어 브랜드와 소통하는 시대라는 것을 선언한 것이다. 참여, 공유, 확산의 브랜드 데모크라시의 시대, 커뮤니케이션 전략으로 직접 행동을 유발하고(Action), 자발적인 이야기의 도구가 되고(Curation), 의미 있는 경험(Experience)을 유도하는 'ACE 모델'을 제안한다.

남아공의 비영리기관 'Safety Lab & Blikkiesdorp 4 hope'의 HOPE SOAP 캠페인은 손을 자주 씻으면, 장난감을 가질 수 있다는 공익적 콘텐츠로 소비자들의 행동을 끌어냈다. 대한항공의 '내가 사랑한 유럽' 캠페인은 유럽 여행과 관련된 10개의 주제에 대하여 각 10개씩 총 100개의 후보지를 제시하고 소비자가 직접 순위를 정하게 해 상품의 카테고리까지 확장했다.

애플은 SNS로 전 세계 아이폰6 사용자 중 162명을 선별해 그들의 사진을 각국의 대표 빌보드에 '아이폰6로 찍다'라는 카피의 광고를 내걸고 잡지나 신문을 통해서도 동일한 광고를 집행했다. 최근 아이폰7의 광고도 마찬가지다. 소비자의 작품을 광고의 소재로 사용했다. 길거리에서 흔히 보는 팝업 스토어는 소비자의 직접 경험을 유도하는 적극적 커뮤니케이션의 수단이다. 물론 이 모든 광고 콘텐츠의 핵심에는 진정성이 깃들어 있다. 인위적인 콘텐츠가 아닌 리얼리즘이 담긴 콘텐츠가 공감을 얻기 쉽고 판매 효과에서도 뛰어나기 때문이다. P&G의 'Like a girl' 캠페인이 대표적이다. 다양한 나이의 사람들에게 '여자애처럼' 달려보고, 싸워보라고 요청하고, 실제 어린 여자아이들이 달리는 모습, 싸우는 모습과 얼마나 차이가 나는지를 보여준다. 결국 '소녀들은 자신감도 없고 소극적일 것'이라는 인식은 고정관념에 불과하다는 것을 확인시켜준다. 그렇게 고정관념을 개선하기 위해 여성들 스스로 자신감을 가져야 한다는 메시지를 전달한다. 마케팅은 상식이다. 시대와의 호흡이다. 연결력과 실행력을 높이고 고객 속으로 들어가라. 살아 있는 아이디어를 캐내라. 오늘의 사건에서 오늘의 아이디어를 찾아야 한다.

마지막으로 잊지 말아야 할 것이 있다. 정보가 공유되는 초

벽이 문이 되는 순간

연결 시대의 진정성의 가치는 기업에도 그대로 적용된다는 사실이다. 고객의 이익을 우선하지 않는 기업의 부도덕과 몰염치는 한순간도 허용되지 않을 것이다. 2017년 소비자들은 그들이 살찌운 기업들이 상생을 위한 체질 개선을 어떻게 진행하는지 두고 볼 것이다. 24시간 스마트폰을 손에 쥐는 한, 고객은 왕이 아니라 신이다.

디지털을 떠나려는
사람에게

　'똑딱이 카메라 하나로는 모자라게 만드는 너, 스르르 눈을 감고 춤을 추게 만드는 너, 너는 바람 따라 날아가지만 그런 너를 보며 걸음을 멈추는 나, 봄만 되면 네 앞에선 나도 모르게 바보가 된다. 세상 모든 것은 누군가의 에너지다.' 최근 눈에 띄는 GS칼텍스의 신문광고 문안이다. 휘날리는 봄꽃을 바라보며 얻는 깊고도 진한 행복감을 누구나 공감할 것이다. '소확행'은 소소한 일상에서 행복을 찾겠다는 심리다. '지금 여기'가 중요하다는 현자의 충고가 아니더라도, 삶의 모든 순간에서 작은 행복이라도 잡겠다는 행렬은 길고도 측은하다. 사람들은 둘레길을 걸으며 삶의 고단함을 견디고, 자신의 디지털 방에 음식 사진을 올리곤 한다.

　생각해보면 이해가 간다. 우리는 네 번의 장애물을 넘어야 한다. 지옥 같은 입시의 관문을 통과해도 쥐구멍만 한 취업의 난관이 기다린다. 상아탑의 가치는 4년 뒤의 절망감으로 얼음처럼 굳어버렸다. 그다음 천신만고 끝에 넥타이부대에 합류했다고 하자. 이제는 구조 조정의 경쟁에서 살아남아야 한다. 동료와 상사의 틈에서 절묘한 줄타기를 해야 하고, 거래처의 횡포를 술안주 삼아 덮어버려야 한다.

정말 심각한 문제는 지겹게도 이게 끝이 아니라는 점이다. 간신히 살아남아 직장에서 은퇴할 50대 초·중반, 어이없게도 우리는 노후 준비라는 마지막 관문을 통과해야 한다. 가혹하게도 생명 연장의 의학기술은 한 세대를 더 살아가도록 명령했다. 시어머니를 두 분이나 모시는 세상이 온 것이다. 이런 우리가 나중을 기약할 여유가 있겠는가? 그런 의미로 보면 '소확행'은 각박한 현실 속에서 행복을 만드는 기술을 의미한다. 그런데 최근 스마트폰을 닫고 SNS를 떠나는 사람들이 늘어난다고 한다. 조용하고 느린 삶에서 누리는 작은 행복을 찾겠다는 것이다.

생활의 중심이 된 스마트폰이지만, 행복의 조력자가 아니라 방해자라는 지적이 곳곳에서 들려온다. 디지털의 화면 속에 갇혀 침대에서 나오지 않는 아이들은 운동성이 떨어졌고 집중력은 분산되었다. 게임중독으로 인한 공격성과 성인물 접촉으로

모방 범죄는 증가하고 있다. SNS의 영향력은 어떨까? 그곳에서 우리는 말을 머뭇거리거나 실수할 염려가 없다. 시간과 장소와 상황을 숨기거나 조작해서 자신을 얼마든지 다른 존재로 그려낼 수 있다. 꽃을 좋아하고 시를 좋아하는 사람으로 변신할 수도 있다. 자신이 닮고 싶은 가상의 정체성으로 만들어진 가공의 텍스트를 세상 속으로 불시에 던진다. 타인의 평가와 인정을 기대하며 흥분의 시간을 기다리다 '좋아요'를 얻거나 호의적인 댓글이라도 받는다면 도파민이 분비되어 짧은 순간의 존재감과 행복감을 누릴 수 있다. '좋아요'의 개수에 따라 소외와 우울증이 유발된다는 주장이 과장만은 아니다. 또 정치적 입김에 따라 SNS가 연대와 결속을 다짐하는 공론의 장이 아니라, 집단의 이해를 고집하는 분열의 장으로 변질하기 쉽다는 진단도 가능하다. 그래서 디지털을 닫는 사람들이 생긴다. 현실 속 인간의 만남을 통해 가상 속에 세워진 자신의 정체성을 버리고 행복의 거짓 순환에서 벗어나겠다는 의지다.

최근 '달구'라고 이름붙인 포메라니안 종의 강아지를 입양했다. 550g이던 몸무게가 두 달이 지난 지금 1.9kg이 되었다. 새로운 환경이 낯설었는지 밥 먹기를 두 번이나 거부해서 병원을 찾아다닌 일이나 온 사방에 배설물을 남겨 수시로 치워야 하는 수고로움은 있었다. 하지만 달구는 가족에게 대화의 창구와 활력이 되어주었다. 달구를 키우며 행복을 찾는 것이나 번거로움을 감내하는 것은 이제 우리 가족의 문제다. 그렇다면 마찬가지가 아닐까?

결국 스마트폰이나 SNS는 소통의 장일 뿐이다. 그걸 어떻게 쓰는지는 사실 개개인의 문제다. 결론적으로 나는 디지털이 '소확행'을 방해한다는 주장에 동의하지 않는다.

나는 여전히 스마트폰을 열어 오늘의 사건에서 오늘의 아이디어를 얻을 것이다. 그것은 책과는 또 다른 차원의 정보들이며 실시간으로 날아온 따끈따끈한 정보들이다. 그리고 디지털 방에서 내 지인들의 소확행을 확인하고 응원할 것이며, 그들의 '좋아요'를 통해 위로받을 것이다. 그리고 어제의 세미나에서 발표된 유용한 최신 정보를 저장해서 나만의 관점을 만드는 데 수시로 도움을 받을 것이다. 의도적 위선이 아니라면 조금 겉멋을 부리거나 자신을 치장한들 어떠랴. 가벼운 화장으로 아름다워지겠다는 여인네의 마음과 무슨 차이가 있겠는가. 어느 시인이 외로워서 사람이라고 했지만, 우리의 긴 인생, 어디든 언제든 모여서 위로하고 위안받으며 살아야 한다. 떠나간 이들이여 스마트폰으로, SNS로 돌아오라. 모든 것은 당신이 하기 나름이다.

벽이 문이 되는 순간

승리하는 면접과 자기소개서

창의적 발상법 수업에 가을을 주제로 간단한 리포트를 제출하라는 과제를 내주었다. 낙엽, 운동회, 기러기 등 외로움을 담은 사진과 시구가 많았다.

피카소의 청색 시대를 대변하는 〈기타 치는 눈먼 노인〉 같은 그림이나 기름기가 오른 전어의 사진을 올린 친구들은 아마도 자신의 인문적 식견이나 취향을 살렸을 것이다. 내 눈에 들어온 것은 주역의 4괘를 담은 이미지였다. '점괘를 보는 계절, 시험에 붙을 것인가? 회사에서 승진할 것인가?'라는 설명이 붙어 있었다. 남다른 관점이 보이면서도 많은 사람이 공감할 만한 보편성이 담긴 생각을 창의력이라고 한다. 나는 그에게 가장 후한 점수를 주었다.

12월이 왔다. 4학년인 그도 험난한 취업의 문을 뚫어야 한다.

26년간 삼성과 SK와 한화그룹을 거치며 면접관으로 참여하기도 하고 채용을 결정하기도 했다. 면접은 잠재력을 확인하는 자리다. 어떻게 숨겨진 가능성을 보여줄 것인가? 무엇보다 적극적이고 긍정적인 태도와 생각의 유연성이 중요하다. 만약 면접관의 질문지를 미리 안다면 만족스러운 결과를 얻을 수 있겠지만, 그걸 무슨 수로 알 수 있겠는가? 우선 당신이 면접관의 입장이 되어 질문지를 작성해보라. 똑같지는 않겠지만 질문에 대한 대답이 좀 더 수월하고 분명해질 것이다.

질문은 결국 두 종류다. 하나는 당신의 전문성에 대한 질문이다. 주어진 일에 대한 성과 창출 능력과 전공이나 지원 부서 업무에 대한 생각과 경험을 확인하기 위한 것이다. 또 하나는 조직원과 협업을 하고 조직 문화를 이루는 데 필요한 관계성 능력에 대한 질문이다. 대인 관계나 취미, 인문적 소양 등에 대한 확인이다. 물론 이 두 부류에서 벗어난 돌발성 질문도 있겠지만, 큰 범주 안에서 유사하기에 서로 호환이 가능하다. 예를 들어 전문성을 키우려고 그동안 준비한 것과 로또에 당첨되면 하고 싶은 것, 이 두 가지에 대한 질문은 답변하기에 따라 같은 질문이 되기도 한다. "상금으로 실력을 키우기 위해 어떤 것을 하고 싶다"라고 대답하면 된다. 이렇게 질문지를 만들 수 있다. 질문을 예측하고 답변을 고치고 다시 반문하는 동안 단단한 논리가 생긴다. 그 과정에서 답변이 내면화되어 표정마저 달라진다. 자신감이 붙고 여유가 생긴다. 당연한 이야기 아니냐고 할지 모르겠다. 하지만 천만의 말씀, 기업의 홈페이지 한 번 들여다보지 않고 면접장에 들어서는 사람이 의외로 많다.

또 하나, 답변의 요령은 무엇일까? 딱 하나만 기억하자. 자신만의 이야기로 대답하는 것이다. 기업이 기대하는 것은 남들이 아는 반듯한 답이 아니다. 새로운 가치를 만들어낼 독특한 관점이나 경험이다. 따라서 최근에 있었던 자신의 경험이나 사건을 활용해 나만의 이야기로 대답하라. 슈퍼스타K나 K-POP에서 극찬을 받는 가수는 기성 가수를 흉내내지 않고, 자신만의 창법과 감정으로 노래하는 자다. 요약하면 질문지를 미리 만들어 예행연습을 통해 답변을 내면화하되, 이 세상에 오직 하나뿐인 자신만의 이야기로 대답하라는 것이다. 취업난의 갈증으로 목마른 학생들에게 시원한 생수라도 하나씩 들려주고 싶다. 자신의 잠재력을 자신만의 이야기로 만들어 승자의 봄을 맞이하자.

오늘의 사건,
오늘의 아이디어

　일면식이 있는 한 디지털 게임 회사의 대표는 중학생을 인턴으로 채용하겠다고 했다. 대학생과 성인의 스마트폰 사용 행태는 알겠는데, 가장 많이 사용하는 중학생들의 이용 패턴을 잘 모르겠다는 것이다. 그래서 아들의 친구들에게 고액 알바를 제안했다고 한다. 일리 있는 생각이다.

　옥토끼프로젝트는 e커머스 업체 대표, 패션브랜드 대표, 디자인회사 대표, 외식업 대표, 행사 전문가 등 5명이 10년간 공부해서 설립한 회사다. 2017년 12월 '요괴라면'을 만들어 온라인으로만 팔았는데, 출시 한 달 만에 7만 개를 팔았다. 지난달엔 '고잉메리'라는 편의점을 서울 종로에 냈다. 커피와 라면, 만두와 스테이크, 칵테일과 와인까지 저렴하게 파는데 직장인들이 줄을 선다. 독창적인 아이디어로 대기업의 협업 요청이 이어졌다고 한다.

오픈 갤러리는 2013년 창업해서 성공을 거둔 회사다. 이들은 그림을 빌려준다. 인기 작가의 원화 그림을 온라인으로 신청하면 작품 가격의 1~3%의 가격에 대여한다. 그림은 3개월마다 교체할 수 있다. 원래 컨설턴트였던 박의규 대표가 경영전략학회SND라는 대학생 동아리에서 미술 전문 큐레이터와 만나 이야기를 나눈 것이 인연이 되었다. 최근에는 텔레비전이 꺼지면 화면에 그림이 전시되는 협업 아이디어도 삼성전자와 진행했다.

미국 뉴욕주에 있는 스타트업 보험사 레모네이드는 계약에 90초가 걸리고 보험금 지급엔 3분이 걸린다. 마야와 짐이라는 인공지능 로봇 덕분이다. 마야는 채팅창에서 몇 가지 질문을 통해 고객 맞춤형 보험 상품을 제시하고, 짐은 청구 고객과 화상 채팅을 통해 목소리와 행동 패턴을 분석해 청구의 허위 여부를 가려내 지급 여부를 결정한다. 오퍼레이션 비용이 없어 수익성이 높은 것은 말할 것도 없다. 인공지능 보험사 레모네이드는 투자 업계의 큰손 손정의의 투자를 유치해서 그 가치를 더욱 키우고 있다.

제고는 해리 프랭크, 스텐 사르, 스튜어트 켈리가 설립한 영국의 보험사인데, 배달원을 위해 시간 단위로 보험을 제공한다.

우버 같은 배달업체는 직원들의 상해 보험을 들어주지 않는다. 풀타임 보험비용이 만만치 않기 때문이다. 제고는 이 문제를 해결했다. 파트타임이나 아르바이트로 잠깐 일하는 배달원이 배달 상품의 기업에 로그온하는 순간 보험이 적용된다. 제고의 공동 창업자인 프랭크는 배달원의 위험을 줄이는 방법을 연구하다가 이런 방식을 생각해냈다. 이들의 공통점을 상기해보라

속도가 생명인 세상이다. 혁신 기업의 아이디어는 늘 '현장'에 있는 사람들이다. 그들의 이종 결합이 시너지를 내 혁신적인 파생 상품을 탄생시킨다. 시시각각 변하는 소비자 트렌드가 책 속에 있을 리 없다. 다독과 다상량이 지나치면 관념이나 답습이 된다. 지금 밖으로 나가 별종의 사람들을 만나라. 그 방면의 젊은 영건들이라면 더 좋다. 솔직하게 고백한다. 레모네이드와 제고의 사례도 고려대 경영학과의 김희천 교수에게 들은 것을 그대로 옮긴 것이다.

바람을 일으키는
사람들

트렌드는 일정 기간 특정 집단이 보이는 생각이나 행동의 공통적인 경향을 말한다. 그런데 한 시대를 풍미했다고 인정하고 유행Trend이라는 꼬리표를 달아주려면, 적어도 3년 정도 지속적 패턴을 보여야 한다는 것이 전문가들의 공통적인 견해다. 그렇지 않으면 거품처럼 부풀렸다 사라지는 일시적인 현상fad으로 봐야 한다는 것이다. 수년 전 줄을 서서 사재기했던 허니버터칩의 열풍이 딱 그렇다. 단순히 물리적으로 시간이 지났다고 사람들의 생각과 태도가 바뀌지는 않는다. 그런데도 매년 점집의 토정비결처럼 호들갑스럽게 쏟아져 나오는 새로운 트렌드와 그와 관련된 통계들은 도대체 어떤 의미일까?

『삼국지』의 압권은 적벽대전이다. 지략으로 제갈공명과 어깨를 나란히 했던 방통은 뱃멀미 없이 선상 위에서 훈련을 할

수 있다는 구실로 조조에게 선단을 하나로 묶는 것을 제안하고, 제갈공명은 제단 위에 올라 머리를 풀고 바람을 일으킨다. 화살을 쏘아 올려 적의 선단을 순식간에 불태우려면 바람이 도와줘야 한다. 마지막 순간, 기적처럼 동남풍이 불어왔다. 불화살이 적군의 선단으로 떨어지자 조조의 대군은 삽시간에 화염에 휩싸였고, 아비규환 속에 궤멸하였다. 바람은 불화살의 우군이다. 이처럼 트렌드도 시대를 관통하는 바람이고 비즈니스를 순항하게 만드는 조력자다. 그래서 소비자의 마음을 설득하고 그들의 지갑을 여는 결정적 한 방이 된다.

2017년 화제의 베스트셀러를 기억하는가? 2014년에 출간되었다가 갑자기 그해 상반기에만 75배의 판매 부수를 기록한 『대통령의 글쓰기』다. 미국에선 어땠을까? 조지 오웰의 『1984』가 그 주인공이다. 왜 그렇게 많이 팔렸을까? 우리나라든 미국이든 대통령의 언행이 관심사였다. 그래서 시대의 바람이 갑자기 그쪽으로 불었기 때문이다. 당신의 비즈니스도 마찬가지다. 트렌드는 순풍에 돛을 단 도깨비방망이다. 그런 관점에서 보면 해마다 쏟아져 나오는 트렌드 보고서는 새로운 비즈니스의 가능성을 열거한 리스트라고 봐야 한다. 다시 말해서 트렌드, 그 자체는 중요한 것이 아니다. 문제는 그것을 어떻게 활용해서 자신이 트렌드의 주인공이 되느냐 하는 것이다. 영화 〈최종병기 활〉에서도 "바람은 계산하는 것이 아니라 이겨내는 것" 이란 대사가 나온다. 트렌드를 예측하는 것은 미래를 바라보는 안목에 대한 적중률을 과시하기 위해서가 아니다. 가장 확률이 높은 시대의 가능성을 활용해서 새로운 기회를 포착하는 것이 주된 목적이다. 바람을 감상하는 것이 아니라 바람을 타고 바람을 일으키는 사람이 되어야 한다.

대국자와
훈수꾼

신대방동 보라매공원은 완연한 가을이다. 공원 중앙에는 700*m* 트랙이 잘 깔려 있고 그 오른편으론 정오의 분수쇼가 펼쳐지는 호수가 있다. 대국장이 마련된 곳은 그 옆이다. 비닐하우스 형상의 대국장 안에는 돌로 만든 탁상과 나무로 만든 의자가 8줄가량 다닥다닥 붙어 있다. 노인들이 나와 바둑과 장기를 두는 곳이다. 노인들은 둘로 나뉜다. 자리에 앉아 판을 뚫어지게 쳐다보는 분은 대국자이고, 담배를 물고 서 있는 분이 훈수를 둔다. 매일 명국을 쏟아낸다는 고수이자 호적수 두 분이 나타나면, 좁은 공간에 관중들이 들어찬다. 서 있는 훈수꾼들이 "패를 걸어야지", "귀포를 잡아요" 하며 전의를 부추기는데, 정작 턱을 고인 당사자는 묵묵부답이다. 입장이 다르기 때문이다. 훈수를 두는 자는 관전자의 넉넉한 마음으로 전체 판세를 읽을 수 있다.

그러나 훈수꾼도 직접 싸우는 입장이 되면 식은땀을 흘릴 것이다. 대국장의 주인공은 딱 두 사람이다. 진땀을 흘리며 싸우는 것도 그들이고 승자가 맛보는 달콤한 환희도 그들이 누린다. 당황한 나머지 덜컥수가 나와 패배의 쓴맛을 보는 것도, 패배를 통해 일취월장의 기량이 오르는 것도 당사자다. 훈수꾼과 대국자의 경계는 명확하다. 피곤하겠지만 당신도 문제의 해결사로, 승패의 주관자로 살아가야 한다.

나 또한 광고주를 위해 광고를 만드는 일을 평생 해왔다. 그들이 그린 좁은 운동장이 내 인생의 그라운드였다. 어느 순간 나는 내 인생의 주인공이 되고 싶었다. 사람이 자원인 나라에서 경제를 일으키는 힘은 역시 생각의 힘이라고 판단했다. 직장의 만류에도 불구하고 나는 대학원을 선택했고 창의력에 대한 책을 폈다. 산업 현장에서 내가 주체가 되어 나의 두 눈으로 확인한 아이디어의 흥망성쇠를 대학과 지방을 돌며 강의했다. 어떤 계기였을까? 광고 대행사에서 선배가 되어 일하던 시절, 후배들에게 훈수만 두지 말고 문제의 해결사로 직접 나서서 칼을 갈며 살라는 훈수를 한 선배가 있었다. 그 역시 임원이 되어서도 밤늦도록 볼펜을 입에 물고 사무실을 배회하며 전략기획서를 직접 작성했다. 그는 우리나라에서 가장 큰 광고회사의 대표가 되었다.

벽이 문이 되는 순간

하긴 그의 훈수로 내 인생의 분수령을 맞았으니 훈수도 아주 무용한 것은 아닐 것이다.

디지털 세상을 맞아 스스로 세상의 주인공이 되는 사람들이 또 있다. 백수골방, 밴쯔, 포니신드롬, 떵개떵이라는 이름을 들어보셨는지. 이른바 유튜브의 파워 인플루언서들이다. 지금의 젊은 이들, 이른바 Z세대들은 유튜브의 동영상을 보며 먹고 놀고 공부한다. 웹 환경이 모바일 환경으로 바뀌면서 심지어 검색도 여기서 한다. 유튜브 속 스타들은 이 속에서 자신들의 세상을 발견했다. 방송국을 차려서 노래를 부르고 음식을 먹고 화장을 해서 수십만 수백만의 사람을 모은다. 얼짱이나 재능 넘치는 젊은이들만 유튜브 스타가 되는 건 아니다. 남편 없이 자식 셋을 키우며 살던 할머니가 손녀딸과 시작한 유튜브로 가장 핫한 랜선 할머니가 되어 삼성전자, 일본 관광청의 러브콜을 받아 전 세계 여행을 다닌다. 경찰 공무원을 준비하던 한 공시생이 자신이 공부하는 모습을 라이브로 공유하면서, 가장 유명한 공무원 준비생이 되었다. 박막례 할머니와 봇노잼은 2019년 현재 각각 100만 명과 42만 명의 구독자가 있다. 이들은 콘텐츠의 생산자이고 세상의 주인공이다. 지금 당신 손의 유튜브만 누르면 확인할 수 있다.

평생직장이 사라지고 있다. 일자리도 줄어든다고 한다. 어떻게 세상을 살아갈 것인가. 유시민 선생은 『어떻게 살 것인가』에서 "인생에서 성공은 매우 중요하다. 그러나 그것보다 더욱 중요한 것은 좋아하는 일을 하면서 소신껏 인생을 사는 것이다. 그런데 좋아하는 일이 아예 없거나 있어도 포기하며 살아간다면, 그 인생은 성공할 수도 실패할 수도 없는 삶이다"라고 말했다. 불안과 상처를 감내하고 자기 주도적인 삶에 동참하라고 강요할 생각은 없다. 각박한 현실만 탓하지 말고 자신이 발견치 못한 또 다른 면모를 잘 살펴보자는 이야기다. 그리고 그 일을 할 수 있는 그라운드를 마련해보자는 것이다. 박막례 할머니라고 처음부터 랜선 할머니였겠는가?

벽이 문이 되는 순간

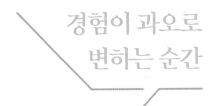
경험이 과오로
변하는 순간

팀장: 혼냈으니 술 사주며 풀어줘야지.

팀원: 혼났으니 제발 풀어주세요.

어느 선배의 페북에서 본 글이다. 씁쓸한가?

실무 지식과 인문적 소양을 갖춘 당신에게 팀원들이 거리감을 느낀다면 일단 '지식의 저주'를 돌아보라.

하버드 비즈니스 스쿨의 카림 라카니는 전문성이 떨어질수록 창의성이 올라간다는 연구를 발표했다. 내용을 좀 더 들여다보면 2000년에 설립한 연구개발 포털 전문기업 이노센티브는 과제를 내고 보상을 걸어 문제를 해결하려 했는데, 우수 아이디어의 40%가 관련 분야의 학위가 없는 사람들에게서 나왔다고한다. 또 심리학자 칼 던커도 전문 지식을 조합할 수 있는 유연성과 상대의 의견을 받아들이는 수용성이 중요하다고 주장했다.

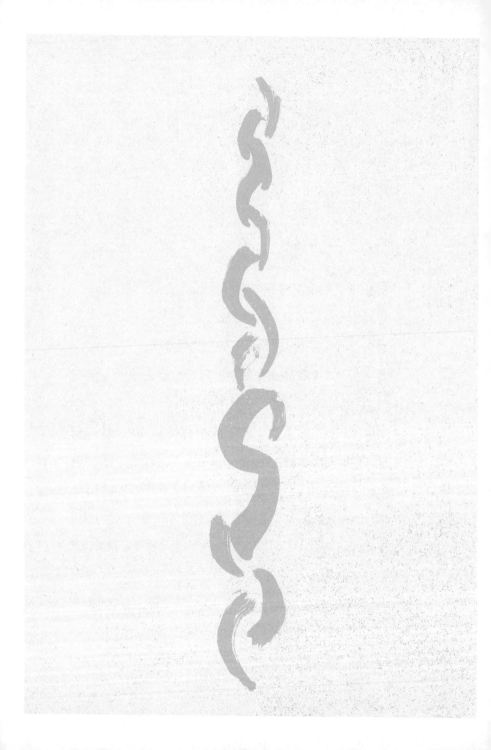

언젠가 읽었던 책 속의 내용이다. 지식 자체는 고여 있는 물이다. 시간은 흐르고 사람들의 생각은 변한다. 특히 디지털의 가속화로 세상은 급격하게 변했다. 혁신은 관념이 아닌 몸으로 탄생하는 것이다.

책을 덮고 현장으로 가라. 경험자의 생생한 이야기를 전수하고 직접 체험하라. 경험은 고인 물을 생수로 바꿔주는 생각의 정수기다. 그러나 경험이 많다는 것에도 함정은 있다. 산전수전 공중전은 고참들의 자랑스러운 훈장이다. 문제는 그게 언제든 어디서든 통용되리라 착각하는 사람들이다. 과거사를 휘황찬란하게 부풀려 성공의 공식으로 후배들에게 강요하는 자들이다. 제동장치가 없다면, 아집에 빠져 답습과 단절이라는 중병으로 조직을 몰고 간다. 경험이 새로운 생각을 가리는 계륵이 되는 순간이다. 당신의 경험을 값진 보석으로 만들기 위해 지금 당신이 해야 할 일은 무엇일까?

자하문에 있는 철학아카데미 강의실에는 24명의 수강생으로 가득찼다. 노영덕 철학 강사의 강의는 9시 20분이 넘어서야 끝났다. 삶의 고통을 인정하고 사랑하자는 니체의 운명애Amor Fati를 듣는 사람들은 머리가 희끗희끗한 노년들이었다. 그들은 낮은 신음을 토해내며 돌아가는 2대의 선풍기에 의지해 꼼짝 않고 정면을 주시했다. 수강생들은 자기 생각에 니체의 생각을 보태 새로운 자신으로 거듭났다. 나 또한 마찬가지다. 마케팅과 디지털이라는 실용적 세계를 잠시 접어두고 내가 살아온 세상에 존재하는 묵중한 개념 덩어리들을 다시 살펴 뭔가 연결고리를 찾고 싶었다.

보편성보다 특수성의 가치가 빛을 발하는 시대다. 엉뚱하고 생뚱맞은 생각이 존중받아야 한다. 처음으로 돌아가서 생각의 빈 곳을 마저 채워라. 과거의 경험에 새로운 생각을 더 하라는 이야기다. 늙은 생각의 매운맛은 그렇게 보여줘야 한다.

벽이 문이 되는 순간

킹메이커의
분노

　　'유튜브 시대의 비틀스'를 탄생시킨 그의 목소리와 표정에는 자신감이 넘쳤다. 그는 '분노' 덕분이라고 했다. 현실에 안주하지 말고 무사 안일과 핑계, 불합리와 싸우자고 했다. 막연한 꿈을 좇다 보면 현실적 문제를 외면하게 되는데, 어떻게 밝은 미래가 오겠느냐는 것이다. 성공한 프로듀서 방시혁이 서울대학교에서 한 축사의 내용이다. 스티브 잡스가 스탠퍼드대학교에서 한 이야기와는 사뭇 달랐다. 그는 "Stay Hungry, Stay Foolish", 즉 모자란 듯이 좀 우직하게 살아야 기회가 온다고 했다. 인생을 장기전으로 바라본 것이다. 모든 역사는 인과를 결정하는 필연적인 배경이 숨어 있다. 우리의 각박한 현실과 그들의 넉넉한 처지를 생각하면, 그들 관점의 차이가 수긍된다는 이야기다.

　　영화 〈더 와이프〉도 분노의 감정을 되찾는 한 여인의 이야기다. 그녀는 남편보다 필력이 훌륭했다. 그러나 여성 작가로는 성공하기 어렵다는 시대적 통념에 굴복해 남편의 이름으로 수많은 작품을 쓴다. 그렇게 살던 그들에게 남편의 노벨 문학상 수상 소식이 전해진다. 뒤바뀐 인생으로 살아온 그들에게는 악재였다. 평생을 그렇게 살아온 남편의 의존적 성격도, 바람둥이 기질도 바뀔 줄 몰랐다. 아내의 내조 덕분이라는 그의 수상 소감은 그 자리의 주인공이면서도 하객의 한 사람으로 숨을 수밖에 없는 아내에게는 참을 수 없는 위선이었다. 그녀는 더 이상 참지 못하고 분노한다. 자신을 되찾은 것이다. 남편이 죽고 돌아오는 비행기에서 그녀는 남편이 결백하다고 기자에게 거짓을 전하지만, 아들에겐 진실을 털어놓겠다고 말하며 조용히 자신의 노트를 응시한다.

이런 결말을 통해 고분고분하던 그녀의 삶이 주체적으로 바뀌었다는 것인지, 현실과 타협하는 아내의 숙명을 의미하는지, 거짓과 타협하며 살아가는 삶의 양면성을 의미하는지 잘 모르겠다. 다만 분노하지 않는 자가 다다르게 될 가련하고 속박된 운명은 어떤 모습일지 알 것 같았다. "아무도 펼친 적이 없는 책이 내는 소리를 듣고 싶지 않다면, 책을 쓰지 말라"는 선배의 협박에 굴복해서 거짓으로 가득 찬 인생을 살아온 그녀처럼 말이다.

상처투성이의 역사는 참고 버티는 삶을 요구했다. 인내는 쓰고 열매는 다니까 믿는 도끼에 발등이 찍혀도 참으라고 했다. 고요할수록 밝아진다는 책이 몇 달간 베스트셀러다. 입시 경쟁, 취업 경쟁, 승진 경쟁에다 인생 이모작까지 준비하려면 뭐든 참아내야 한다. 사실 'Stay Hungry, Stay Foolish'의 고수는 바로 우리다. 고진감래라고 했으니 참아보자. 그러나 화를 억누르면 찾아오는 중병이 있다. 바로 울화병이다. 두 눈 질끈 감고 불공정에 분노하지 않으면, 그래서 그것이 관행이 되면 다음의 피해자는 누구일 것인가. 촛불시위는 그런 위기감의 발로였다. 개인의 분노는 다스리되 공공의 분노는 침묵하지 말자는 이야기다. 반대로 자신의 이해에는 발끈하면서도, 공통의 문제에 대해선 함구하는 자들이 누군지는 똑똑히 가려내야 할 일이다.

위험사회의
탈출구

요즘 미세먼지가 유난했다. 이러다 방독면을 쓰고 출근해야 하는 날이 오는 건 아닐까. 우리가 언제 물을 사서 마시게 될 줄 알았느냔 말이다. 기업들이 이를 놓칠 리 없다. 마스크와 공기 청정기가 불티나게 팔린다. 현대자동차는 '달리면서 미세먼지까지 걸러내는 궁극의 친환경 차'인 미래형 자동차 넥소를 시장에 내놓았다. 코웨이의 공기 청정기는 '시대의 고민에 코웨이가 청정으로 답하다'라는 헤드라인으로 소비자를 유혹한다. 독일의 사회학자 울리히 벡은 그의 저서 『위험사회』에서 기후나 원전 등의 문제로 위협받는 '위험사회'가 현대사회의 특징이 되리라 예측했다. 얼마 전 원전문제로 소모전을 치른 데다 툭하면 온갖 대형사고로 홍역을 앓는 우리의 모습을 고려하면, '위험사회로서 한국사회'를 진단하는 일이 시급해 보인다.

벽이 문이 되는 순간

4월은 꽃의 계절이지만 세월호의 아픔을 되새겨야 하는 시기이기도 하다. 우리는 가라앉는 배를 바라보며 미증유의 무력감을 경험했다. 그날 학생들은 '기다리라'는 방송을 반복해서 들었다. 기다리라고 말해놓고 먼저 탈출한 것은 선장이었다. 기다리는 학생들에게 구조대를 보낼 지휘탑은 그 시간 부재했다. 지금 세월호 사건을 통해 위험사회를 대비할 방안을 찾기에는 적절치 않아 보인다. 가려지고 남겨진 진실이 여전하기 때문이다. 다만 실체적 진실이 무엇이든 헌신적이고 적극적인 리더쉽과 이를 효율적으로 실행할 시스템이 준비되어야 한다는 점엔 모두 동의할 것이다. 그러나 그것만으로 충분할까?

1949년 8월 5일 미국 몬태나주에서 일어난 맨 굴치 협곡 화재 사고를 살펴보자. 이 사고는 산불을 진압하려던 소방대원들 방향으로 바람이 불면서 16명의 대원 중 13명이 화재로 사망한 사고다. 9년 경력의 최고 화재진압 전문가이자 팀의 대장인 와그너 닷지는 자신이 만든 안전한 공간으로 '뛰어들라'고 외쳤지만, 희생자들은 듣지 않았다. 세월호의 학생들과는 반대로 그들은 리더의 말을 무시했다. 도대체 왜 그들은 자기 멋대로 움직이고 희생되었던 걸까? 산불은 맹렬한 속도로 닷지와 대원들을 덮쳐왔다. 그때 닷지는 호주머니에서 성냥을 꺼내 불을 붙여 자기 주위의 풀숲에 던졌다. 평소의 훈련대로 불 속에서 불을 내 불이 붙지 않는 공간을 만든 것이다. 불길은 주위를 태워나갔고 닷지는 장비를 버리고 그 공간으로 뛰어들라고 명령했다. 그러나 아뿔싸! 이미 그들은 바람으로 속도가 붙은 불길을 등지고 산등성이 쪽으로 내달렸다. 공포가 그들을 덮친 것이다. 당황한 그들은 바람이 발보다 빠르다는 사실을 잊어버렸다. 닷지는 침착하게 젖은 천으로 얼굴을 감싼 채 불길의 한복판에서 엎드려 기다렸다. 불길은 닷지를 건너 뛰어가는 희생자들을 맹렬한 속도로 집어삼켰다. 소방대장 와그너 닷지는 오랜 경험으로 불꽃이 가장 밝게 타오르는 순간 모든 상황을 파악했고, 평소의 훈련한 대로 대처할 수 있었다.

반복된 실전 경험은 머릿속의 지식을 습관화된 행동 패턴으로 바꿔놓는다. 마치 밥상에 앉으면 지체 없이 숟가락을 드는 것과 같다. 패턴화된 습관 속에서 지식을 체득한 자만이 일촉즉발의 재난 속에서 탈출구를 찾는다. 〈명량〉이나 〈남한산성〉 같은 전쟁영화의 하이라이트를 기억해보라. 백척간두의 위험에 빠진 사람의 목숨을 구한 자는 각 세운 전투복이나 반짝이는 계급장을 뽐내는 자가 아니다. 불화살이 떨어지는 아비규환 속에서도 냉정하게 물살의 흐름이나 바람의 방향을 읽어 반격의 시간과

벽이 문이 되는 순간

완급을 조절하는 실전의 고수들이다. 또다시 터질 재난을 위해 실전으로 다져진 현장의 전문가를 양성하라. 위험사회의 탈출구는 그야말로 '숙달된 조교'에게 맡겨야 한다.

등을 치는 사람, 등을 주는 사람

10월 중순이 되면 강원도 양양 남대천에는 연어 축제가 열린다. 북태평양의 베링해와 캄차카반도로 나갔던 연어가 1만 6,000㎞를 헤엄쳐 남대천을 거슬러 올라와 알을 낳는다. 시인은 그 모습을 이렇게 그려냈다. "거슬러 오른다는 것은 지금은 보이지 않는 것을 찾아간다는 뜻이지. 꿈이랄까, 희망 같은 것 말이야. 힘겹지만… 아름다운 일이지. 그리고 그 연어가 아름다운 것은 떼를 지어 거슬러 오를 줄 알기 때문이야."(안도현, 『연어』 중에서) 연어는 서로의 몸에 의지해서 고난의 행로를 뚫고 기어코 자신이 태어난 곳으로 돌아가서 자신의 종족을 지킨다. 봄의 초입에 연어를 들먹이는 것은 오랜만에 만난 나의 학생들 때문이다. 식사하는 동안 그들은 차분했고 나는 분주했다. 그들의 근황을 물어보는 일은 적당한 마음의 배분이 필요했다. 커피값을 계산하고 떠나려는 내게 그들은 술 마시고 속 달래라고 꿀을 선물했다.

우리는 몇 해 전 충정로의 대학 5층 강의실에서 만났다. 그들은 다소 무기력해 보였다. 나는 선생보다 친구가 되기로 했다. 광고 대행사 생활을 접고 들어선 대학은 냉소와 불신으로 건조했고 무기력했다. 아마도 우리 모두 돌파구와 피난처가 필요했을 것이다. 나는 광고 동아리를 모집했다. 수업이 끝난 510호 강의실엔 5명이 모여 있었다. 나는 그들에게 집착했고 몰입했다. 그들과 만나는 시간에 외부 강의나 프로젝트가 겹치면 학교로 달려갔다. 광고에 이론은 없고 사람의 마음만 있을 뿐이니 다양한 인문학 공부와 경험을 통해 자기만의 목소리를 찾으라고 했다. 야학은 9시가 넘도록 계속됐다. 늦은 시간까지 소주잔을 나눴고 빵과 우유를 먹여 보냈다. 전 직장에 부탁해서 인턴 취업을 알선하기도 했다. 얼마간의 목돈이 생기는 프로젝트도 그들에게 돌렸다. 사회에서 살아갈 방법도 필요했다. 똑똑한 개인주의는 위험하다고 했다. 조직은 승진이나 이직을 꿈꾸는 자의 이기적인 눈빛을 귀신처럼 가려내는 곳이다. 그러니 학점보다 동료의 상처를 감싸는 사람이 되는 연습을 지금부터 하라고 말했다. 가끔 그들은 알 수 없다는 듯한 표정이었다. 그들은 학교에서 돈

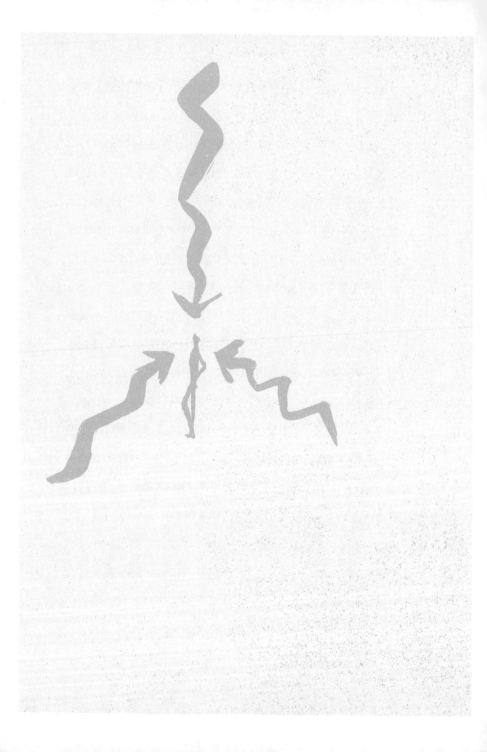

이 나와 밥 사고 술 사고 공부시켜주는 줄 알았다고 했다. 나는 섭섭했고 그들이 교정에서 사라지면, 나도 떠나야겠다고 생각했다. 이제 그들 중 셋은 취직했고 나는 현장으로 돌아왔다.

이쯤이면 내가 그들의 좋은 버팀목이었다고 하실 것이다. 천만의 말씀이다. 솔직히 말하자면 내가 그들의 등을 빌렸다. 그때 나는 제대로 된 선생의 흉내라도 내지 않았으면, 그 비루하고 속된 시간을 견디지 못했을 것이다. 그러니까 우리는 동업자였던 셈이다. 정호승 시인은 시 「고비」에서 '영원히 살 것처럼 꿈꾸고 내일 죽을 것처럼 살면서' 우리는 '고비 사막에 가지 않아도 늘 고비에 간다'고 했다. 인생의 고비마다 사람이 있다. 사람 때문에 고비를 만나고 사람 때문에 고비를 넘는다. 그가 적군인지 아군인지, 등을 내줄 사람인지 등을 칠 사람인지 구분하는 식별법이 있을까? 다만 늙어가며 깨달은 것 한 가지를 보탠다. 당신부터 마음을 열어 그들에게 등을 내주고 볼 일이다. 밑져야 본전이니까. 지금 휴대폰을 뒤져 미운 놈을 찾아보라. 떡을 나눠 먹을지 꿀이 생길지 모르니 말이다.

절박해서 집중하거나,
재미있어서 자유롭거나

주말 두 편의 아트영화를 봤다. 〈파울라〉와 〈러빙 빈센트〉다. 편견을 깨고 최초의 여성 화가로 기록된 파울라나 가난과 고독을 이겨내며 수많은 명작을 남긴 고흐, 모두 열정을 빼면 설명할 수 없는 사람들이다. 요절한 제임스 딘도 열정으로 하루하루를 살았다고 했다. 문득 〈열정같은 소리하고 있네〉라는 영화 제목도 떠오른다. 열정만으론 살기 어려운 시대를 만난 걸까? 『열정적 위로』라는 책도 '열정페이'라는 말도 떠오른다. 한 해를 마무리하는 이맘때쯤 열정적으로 쏟아내는 건배사도 1년을 버텨온, 다가올 1년을 지탱해줄 '열정'에 대한 헌사들이다. '열정'이 사는데 그만큼 중요하다는 뜻이고, 살기 어려운 팍팍한 세태의 반영일 것이다. 시대가 바뀌어도 열정은 인류가 축적한 업적의 정신적 바탕이다. 그러나 돌진한다고 해서 모든 문이 열리는 것은 아니다. 하다못해 '열려라 참깨!'라고 주문이라도 외쳐야 한다.

　로시난테를 타고 풍차를 향해 돌격하는 돈키호테는 좌충우돌 실패를 거듭한다. 합목적성과 현실성이 결여되었기 때문이다. 효과와 효율이 기본인 프로 비즈니스맨의 세계에서 열정은 목적에 부합하는 의도된 열정, 통제된 열정이어야 한다. 일의 배경과 근원을 따져서 어느 곳에 어떻게 열정의 에너지를 배분할지 고민해야 한다. 또 지나치게 순수한 열정은 추진력이 약해서 중도 탈락의 위험이 있다. 열정에 현시적 욕구를 가미해야 한다. 승진 같은 개인의 꿈이나 최고가 되겠다는 명예욕은 그래서 중요하다. 조직에서 선의의 경쟁을 부추기는 것을 긍정적으로 받아들여야 한다. 그러나 무엇보다 중요한 열정의 인자는 몰입감이다. 몰입감은 도낏자루 썩는 줄 모르고 어떤 대상이나 일에 대해 빠져든 상태다. 몰입의 특징은 시간이 갈수록 지치지 않고 에너지가 샘솟는다는 것이다. 몰입감을 얻는 두 가지의 방법은 '절박함'과 '재미'다.

　2002년 월드컵 4강의 신화는 절박함의 승리다. 체력이나 실력에서 포르투갈, 스페인, 이탈리아보다 앞섰다고 할 수 없다. 우리의 승리는 영화 〈남한산성〉에서 보았듯 긴 세월, 외세에 눌려 수모를 당하고 지금도 분단의 고통을 겪기에 한 번쯤 그들을 이겨봐야겠다는 절박함에서 오는 집중력과 몰입의 힘이었다. 그런 국민적 에너지가 그들에게 열정적 에너지를 퍼부었다. 경영 어록에 '실패에서 배우라'는 말이 있다. 실패는 절박함을 불러오기 때문이다. 미치지 않고선 미칠 수 없다는 불광불급不狂不及도 절박한 사람들의 이야기다. 위인들의 전기도 시련의 담금질로 점철된 역사다. 절박함은 간절함을 낳고 결국 놀라운 성과로 이어진다. 얼핏 절박함과 상반된 개념으로 보이는 '재미' 또한 몰입의 다른 이름이다. 엄마가 부를 때까지 골목길에서 땀 흘리며 놀던 유년 시절을 기억해보라. 재미있어야 스스로 빠져든다. 빅 아이디어도 엄숙함에서 벗어나 마음 맞는 동료들과 재미있게 웃고 떠드는 순간 탄생한다. 무아지경의 재미는 머릿속의 데이터나 정보의 결합력을 높여 아이디어 연상력을 증폭한다.

공자가 지식이 많은 사람보다 즐기는 사람이 으뜸(知之者不如好之者 好之者不如樂之者)이라 한 것도 그 때문이다. 그래서 박지성 같은 스포츠 스타도 다만 즐기려고 노력했을 뿐이라고 하는 것이다. 기업에서 놀이터 같은 일터를 만드는 것도, 게임 같은 회의문화를 도입하는 것도 경직성에서 벗어나 자유분방한 재미에서 오는 창의적 성과를 기대하기 때문이다. 열정은 그저 불사르는 것이 아니다. 그것은 자전거와 같다. 핸들이라는 의도된 방향성

벽이 문이 되는 순간

을 단단히 쥐고 앞바퀴의 순수한 열망과 뒷바퀴의 현시적 갈망을 균형 있게 맞추되, 체인을 돌려 앞으로 나갈 몰입감을 얻기 위해 한 쪽으로는 절박한, 또 한쪽으론 재미라는 페달을 번갈아 저어가는 것. 물론 안장 위의 주인공은 뜨거운 당신의 심장이다.

눈물을 흘리는 자와
손을 들어주는 자

최근 영국 BBC는 '21세기 가장 위대한 영화 100선'을 발표했다. 눈에 먼저 들어온 것은 2위에 오른 〈화양연화〉. 수업시간에 학생들에게 추천한 영화였다. 미디어문화 수업시간이었다. 순위 안에는 없으나 허진호 감독의 〈8월의 크리스마스〉와 〈봄날은 간다〉도 소개했다. 절정의 순간 사라지고 마는 사랑의 본질을 담은 명작 영화들이라는 설명도 길게 덧붙였다. 학생들의 반응은 심드렁했다. 심지어 코드가 맞지 않는다는 눈빛까지 날아들었다. 이때까지만 해도 해리포터 같은 판타지나 웹툰, 아이돌에 열광하는 아이들이 안타까웠다. 지금 세대의 가벼움이 못마땅했던 것이다. 심지어 이 아이들이 앞으로 만들어낼 문화는 어떤 모습일까? 하는 걱정도 들었다.

그러던 차에 '2016 리우올림픽'에서 인상 깊은 한 장면을

벽이 문이 되는 순간

목격하게 됐다. 바로 태권도의 강력한 금메달 후보였던 이대훈 선수가 8강에서 탈락하는 순간이다. 모두 억울함에 눈물을 훔치는 모습을 예상했다. 그러나 텔레비전에서는 그가 당당한 표정으로 상대인 요르단 선수의 손을 들어주며 박수를 보내는 모습이 비쳤다. "패자가 인정하면 승자도 더 편하게 다음 경기를 잘 치를 수 있지 않을까 싶었다. 그게 상대에 대한 예의라고 생각했다." 그가 인터뷰에서 남긴 말이다. 금메달 개수에 연연하던 올림픽이 뭔가 바뀌어가는 듯한 예감이었다. 승패의 결과에 집착했던 기성세대와 달리 그때 출전한 젊은 세대는 과정의 충실함에 만족하기 시작한 것 같았다.

세대 차이는 결국 그들이 지나온 세월의 차이가 만들어냈을 것이다. 세계 최고의 프리미어리그와 메이저리그의 화려한 승부에 익숙한 젊은 세대가 올림픽의 승부 결과에 일희일비하지 않는 것은 당연한 일인지도 모른다. 오히려 일본의 국수주의를 경계하면서도 금메달 하나 목에 걸었다고 '대한민국 만세'를 외치는 방송사 앵커들이 젊은 세대의 문화적 감수성을 못 따라가는 것이다. 나 역시 마찬가지다. 우리 세대의 심각함과 무거움이 세상의 본질이라고 고집부렸던 것은 아닐까? 디지털 테크놀로지와 융합 기술과 같은 새로운 세상에 뒤처진다는 불안감 때문에 새로운 세대를 애써 무시했는지도 모르겠다.

　새로운 세대는 새로운 문화를 먹고 자라난다. 오래전 비틀스나 서태지의 경우도 그랬다. 그들을 이해한다는 것은 곧 그들의 문화를 이해한다는 것이고, 그러려면 기성세대인 우리가 먼저 다가서야 한다. 물은 언제나 아래로 흐르는 법이다. 그러나 아쉬워 말자. 유록화홍柳綠花紅! 언제나 버들은 푸르고 꽃은 붉다. 세대를 떠나 변치 않는 본질은 존재하리라. 그것을 온전히 물려주는 것은 우리의 몫일 것이다. 〈화양연화〉는 운명적인 사랑 영화로서 훌륭하다. 마찬가지로 빗자루로 하늘을 날아다니는 해리포터 또한 판타지 영화로서 대단하다. 이해하지 못한다면 인정이라도 하자. 안에서 문을 닫으면 내가 갇힌다. 세대 차이는 넘나들 수 없는 인식의 차이가 아니라 서로 이해하고 받아들일 수 있는 개성의 차이가 되어야 한다. 그럴 때 한 사회가 갖는 문화의 자산이 풍부해지고 수준이 높아진다. 이해하지 못한다면 인정이라도 할 줄 알아야 어른이다. 그렇게 그들과 함께 세상의 균형추를 맞춰가야 한다.

　　　　　　　　　　　　벽이 문이 되는 순간

3장

그때도
맞고
지금도
맞는 것

황금돼지해의
명상록

단톡방에 누군가의 새해 인사가 올라왔다. '돼지'라는 어미로 연결된 삼행시였다. 뭔가를 궁리해야 했다. 선배를 무시하는 건방진 놈이 될 순 없다. 하나를 찾아 복사해서 옮겼다. 곧바로 요란한 신호음과 함께 여기저기서 돼지 풍선들이 날아들었다. 그들도 인사를 복사했을까. 문득 이게 뭔 짓인가 싶어졌다. 문득 유발 하라리의 『21세기를 위한 21가지 제언』의 마지막 부분이 떠올랐다.

이 책은 인류가 당면한 문제와 그 대안을 그가 전작들에서 보여준 특유의 통찰력을 바탕으로 꼼꼼하게 다룬 신작이다. 그의 마지막 주제는 명상이다. 산적한 문제가 우리에게 주는 고통의 원인을 명상을 통해 자신의 영혼을 매 순간 관찰해야 알 수 있다고 했다. 문제투성이의 지구에서 아침마다 기분 좋게 일어나는 이유가 명상이라고 했다. 나는 "생각에 따라 우리 모두는 행복한 사람들입니다"라는 파워블로거의 글귀가 떠올랐다. 그렇다. 당신의 문제는 바깥 세계의 사건이 아니라 그것에 반응하는 당신의 감각과 감정이다. 고통의 원천인 정신 패턴을 파악해야 한다. 유발 하라리는 명상을 단지 종교적 차원이 아니라 뇌 연구과 함께 이 정신 패턴을 체계적이고 객관적으로 관찰하는 중요한 한 방법이라고 했다. 하루 2시간의 명상에서 얻은 집중력과 명정함으로 『사피엔스』와 『호모데우스』를 썼다고 했다. 덧붙여 선택의 여지가 남아 있는 지금, 명상을 통해 정신의 실체를 파악해서 인류를 한 곳으로 모아 사회의 조화를 이루자고 했다.

변화는 늘 스트레스로 가득하다. 그들마저도 예측할 수 없는 떠들썩한 미래에 대해 동병상련의 위로를 나누고 싶었던 것은 아닌지. 인공지능이니 블록체인이니 4차 산업혁명의 깃발은 여전히 정체불명이다. 인공지능이 운전하는 자동차가 교통사고를 막아준다고? 엑셀레이터를 밟아 탄력을 받고 굉음과 함께 달려 나갈 때, 카레이서의 발바닥에 전해지는 원초적 느낌은 어쩌라고. 냉장고에서 시간에 맞춰 공급되는 알약이 반려견과의 행복한 삶을 보장해준다고? 먹이를 건네며 손바닥으로 전달되는 따뜻한 체온이 사라진다면 반려견은 왜 키우는 건데? 사실 우리는 이미 비슷한 증상의 피폐함을 사이버공간에서 겪는다. 쉴 새 없는 간섭과 독촉, 위선이 낳은 소외와 우울, 속단과 오보의 경박과 편 가르기. 인간은 몸을 가지고 있고 행복은 감정의 문제다.

먼지가 가라앉아야 길이 보인다. 무리를 떠나 자기와 만나야 한다. 자발적인 고독을 선택하는 사람은 순도 100%의 자유인이다. 펄 벅은 우리 모두의 내면에 우리 자신을 시간을 들여 회복하여, 우리가 계속 살아 있도록 도와주는 아름다운 마음의 샘이 있다고 했다. 알베르 카뮈도 "깊은 겨울 속에 마침내 내 안의 무적의 여름이 존재한다는 사실을 깨달았다"고 했다. 물론 우리는 함께 노래방도 가고 뒹굴기도 할 것이다. 다만 자기의 마음부터 다잡아야 번잡스러운 세상 사람들의 참모습을 볼 수 있으리라. 마르쿠스 아우렐리우스는 이에 대해 『명상록』에 이렇게 밝혔다. "사람들은 서로를 경멸하면서도 서로에게 잘 보이려 하고 서로를 밟고 일어서려고 하면서도 서로 굽신거린다." 아마 이런 그의 생각도 깊고 그윽한 혼자만의 시간을 통해서였으리라.

머릿속의 인식에서
몸의 구체성으로

　장충동 그랜드 앰배서더 호텔 '현대 미학적 관점에서의 디자인' 조찬 포럼에 참석했다. 첫 번째 발제자는 현대 예술은 의식이나 관념의 명령에 의존하지 않고, 몸의 감각적이고 구체적인 움직임을 통해 생명력을 얻는다고 했다. 두 번째 연사는 디자인의 중요한 과제는 "사회적 관계 속에서 다양한 접촉을 통해 사건의 계기를 만드는 일"이라는 의견을 제시했다. 수미쌍관의 흐름이었고, 수긍되는 주장이었다. 광고업계도 마찬가지다. 광고산업의 핵심 경쟁력은 창의성이다. 창의성이란 추론과 연상의 과정을 통해 원관념의 의미를 바꾸는 맥락 전환의 과정이다. 광고는 그 결과물을 대중매체를 통해 소비자들의 머릿속에 강력하게 자리잡게 하는 인식의 게임이다. 좋은 콘셉트를 만들어 잘 표현하는 것이 광고인들의 과제였다. 그러나 스마트폰의 등장은 마케팅과 광고 종사자들에게 몹시 피곤한 과제를 안겨주었다. 사람들은 수많은 정보가 들어 있고, 재미있기까지 한 스마트폰을 달고 산다. 이제 마케터나 광고장이들은 스마트폰 속의 볼거리들과 싸워야 한다. 소비자의 온몸 신경다발을 곤두서게 할 중독성의 콘텐츠는 필수고, 디지털의 가상세계와 오프라인의 현실 세계를 연결할 입체적인 플랫폼도 구성해야 한다.

니체는 관념이나 이성을 부정하고 인간의 몸에 철학적 주제를 집중했다. 그는 논리적 사유는 근원적인 것도, 영원한 것도 아니고 그저 역사적으로 형성된 것이고 사물에 대해 몸이 가한 능동적 동화 작용의 결과라고 말했다. 정신보다 몸이 먼저라고 본 것이다. 몸이 근질근질하다는 말은 뭔가 일을 저지르고 싶어하는 마음을 몸을 빌어 표현한 것이다. '허파에 바람이 들었다', '목에 힘이 들어갔다', '간이 부었다', '쓸개가 빠졌다' 같은 말도 몸을 정신에 선행하는 주체적 대상으로 바라본 결과다. 이성이 아닌 각자의 몸으로 인식하면, 객관적 사실은 사라지고 모든 것은 주관적 해석의 대상이 된다. 타고난 저마다의 몸으로 천차만별의 해석이 가능한 것이다. 전통적으로 참되고 유일한 것으로 알았던 것들이 실제로는 단순한 해석의 대상일 뿐이고, 세계는 보편과 진리가 존재하는 것이 아니라 개인의 감각의 대상으로 존재한다. 몸의 철학은 대상의 본질은 내가 만드는 것이란 실존주의의 길을 열고, 다원성을 특징으로 하는 포스트모더니즘의 뿌리가 되었다. 머릿속의 인식에서 몸의 구체성으로 전환하자는 그들의 주장은 설득력이 있었다.

마케팅과 브랜딩과 어드버타이징, 이 말들 모두 현재진행형으로 끝난다. 지금 여기 사는 사람들의 문제를 해결하는 수단이기 때문이다. 따라서 광고업계야말로 시대의 바람을 외면할 수 없다. 우리는 구글이나 아마존 같은 초일류 기업이 사물인터넷의 정보를 빅데이터화하고 인공지능으로 분석해서 다양한 융합 아이디어를 파생하는 것을 지켜보고 있다. 광고산업의 패러다임도 급속히 바뀌었다. 아니, 광고라는 말 자체가 무색해졌다. 스마트폰의 정보나 동영상보다 더 정확하고, 재미있고, 뭉클한 콘텐츠를 만들고 싶은가? 콜롬보가 범인을 찾아낸 비결은 현장에서 발견한 작은 흔적들이다. 말과 글의 텍스트에서 벗어나라. 책을 덮고 신발 끈을 조여 매라. 그리고 머리에서 가슴으로, 가슴에서 발로 뛰는 여정을 시작해야 한다. 세상을 들썩일 대사건의 아이디어는 몸으로 찾은 빈틈에서 탄생할 것이다.

단지 즐겼을 뿐이라는 사람들

　대방동 보라매공원은 노인들의 공원이다. 자주 가는 종로 탑골공원의 풍경이 그렇듯 이곳에도 평온과 함께 밀려드는 쇠락의 기운이 있다. 공원 끝쪽 작은 호수에는 분수와 함께 뽕짝 메들리가 흘러나왔다. 노인들은 리듬에 맞춰 가볍게 몸을 움직였다. 다른 한쪽의 족구장에는 유니폼을 맞춰 입은 중년들이 어설프나 혼신을 다한 몸짓으로 공을 향해 몸을 날렸다. 신림동 쪽으로 빠져나가는 산책로에는 실버들과 진달래가 뒤엉켜 눈이 부셨다.

　나뭇가지 사이로 '그 사람을 닮은 물푸레나무 아래 앉아 이야기하듯 잠깐 졸기도 하는 것이다'라는 박순희 시인의 시 구절이 눈에 들어왔다. 졸음이 잠으로 이어지고 굳이 깨어나지 않아도 좋을 만큼 아름다운 구절이다. 모든 게 적당히 느슨하고 그래서 편안한 공원의 분위기와도 잘 어울렸다. 그러나 살다 보면 알게 된다. 졸음을 허락할 정도로 편안하고 다정한 사람도 있지만, 난데없이 하늘이 무너지는 배신의 아픔도 겪는 것이 인생이라는 것을. 그렇게 우리는 내리막과 오르막을 만나고 냉정과 열정 사이를 오간다. 누구도 피할 수 없다. 피할 수 없다면 즐기라고 했다. 한 번뿐인 인생이기에 좌절의 순간은 두려우나 내일 죽을 것처럼 오늘을 살아야 하리라. 조직도 마찬가지다. 열정으로 똘똘 뭉친 조직은 어떻게 만들어지는 걸까? 절박함이 우선이다. 부잣집 아이들이 공부도 잘한다는 소리는 뭘 모르는 소리다. 그들의 부모는 풍족함 속에서 고군분투해야 할 잔인한 룰을 마련했다. 좋은 대학에 가지 못하면 유산 상속의 기회는 곤란하다고 말한 것이다.

천문학적인 연봉을 자랑하는 운동선수들이 더 좋은 성적을 유지하는 것도 마찬가지다. 그들의 절박함을 끌어내는 공정한 협상 시스템이 준비되어 있다. 모든 기록이 반영된 성적표에 따라 공정한 평가와 등급이 내려진다. 퇴출당하지 않고 더 높은 연봉을 요구하려면, 훈련과 성적밖에는 없다. 이제 당신 차례다. 경쟁 심리를 자극해서 전문성을 높이고 긴장감을 유지할 시스템을 검토하라. 회사 내의 학습조직을 활성화해 스타를 키우고 회의 문화를 개선해라. 회의 시간을 줄이고 전원이 참여해야 한다.

벽이 문이 되는 순간

다만 당근과 채찍에만 의존하면 부작용이 있다. 그것이 사라졌을 때 동기가 사라져 성과가 떨어지고, 조직원이 이탈할 우려가 있다. 이번엔 반대다. 재미있게 일하게 만들어라. 어린 시절의 말뚝 박기를 기억하는가? 그야말로 시간 가는 줄 몰랐다. 도낏자루 썩는 줄 모른다는 말도 그런 뜻이다. 공자도 고수의 급수를 지지자知之者, 호지자好之者, 낙지자樂之者라고 정했다. 재미가 몰입을 끌어내고 집중력을 불러온다. 박지성이나 류현진 같은 스타들이 "난 게임을 즐겼을 뿐"이라고 말하는 것엔 이유가 있다. 일을 즐기면 에너지가 소진되지 않고 축적되며 재생산되는 순간이 된다. 게다가 유연한 사고, 수평적 문화를 불러온다. 올해부터 SK그룹이나 삼성 관계사가 직원 간에 ○○프로로 호칭을 통일하는 것도 그런 이유다.

포스트잇을 붙여 자발적인 참여 의사에 따라 프로젝트의 리더와 구성원을 정하는 회사도 있다. 일과 놀게 하려고 미끄럼틀을 이용해서 층간을 이동하는 회사도 있다. 4차 산업혁명의 새싹이 움트는 봄이다. 이제 기지개를 켜고 당신의 조직에 추진의 원동력인 열정을 불어넣어라. 무슨 일이든 과정 없는 결과는 있을 수 없을 테니까.

머리 꼭대기에 올라앉은
사람들에게

하늘길을 뚫어 돈을 번 기업들이 있다. 최고의 비행 서비스라고, 아름다운 사람들이라고 주장했던 사람들이다. 그들이 하루가 멀다 하고 뉴스에 오르내린다. 하늘이 아니라 우리 머리 꼭대기에서 올라앉은 것이다. 그들은 근사한 집에서 맛있는 음식을 먹으며 호사를 누렸다. 꿈인지 생시인지 볼을 꼬집어 가며 살았을 것이다. 그러나 프랑스의 사회학자 피에르 부르디외의 말처럼 세상 사람의 박수까지 받는 취향과 교양 수준을 병행했더라면 오죽이나 좋았을까. 아니, 너무 잘사는 것이 미안해서라도 남들에게 미안한 표정과 좋은 일 몇 번쯤 선심 쓰는 게 인지상정 아닐까. 그런데도 그들은 악다구니와 몰염치로 일관했다. 세상사 모를 일이어서 나도 그 꼴을 당할 수 있다는 생각은 고사하고, 자신들의 말과 행동이 남에게 미치는 고통을 무시했다. 타인

의 감정에 대한 이해나 배려의 세계가 존재하지 않는 것이다. 그들을 위해 들려줄 말이 있다.

공자는 중국 춘추전국시대의 노나라 사람이다. 칼과 창이 난무하는 시대였다. 그는 제자들과 함께 세상을 돌며 인간의 선량함과 사람에 대한 예의를 주장했다. 그러나 정치가와 교육가로서 그의 일생은 비루했다. 변변한 벼슬자리 하나 얻지 못했다. 심지어 어떤 제자는 그의 생각이 비현실적이라고 조롱했다. 그런 그가 2,500년이 넘도록 추앙받는 이유는 뭘까? 나는 성북구의 한 작은 도서관 서가에서 그의 참모습을 우연히 발견했다. 군대를 다녀온 분이라면 수긍할 것이다. 전쟁터에서는 사람보다 말이 비싸다. 하루는 공자의 집에 불이 났다. 당신이라면 뭐라고 했을까? 공자는 말에 대해서 묻지 않았다. "사람이 다쳤는가?"라고 물었다. "사람은 다치지 않았습니다"라고 하인이 대답하자 "그럼 되었다"라고 그는 말했다. 또 이런 일화도 있다. 자신이 이미 잘 아는 제사의 절차를 무덤을 지키는 묘지기에게 거듭 물었다. 그 이유를 제자가 묻자 "그것이 예다"라고 답했다고 전한다. 공자 사상의 핵심은 서恕다. "자신이 싫어하는 것은 남에게 시키지 말라"는 뜻이다. 이는 타인의 감정을 존중하라는 가르침이다.

인문은 인간이 겪는 만고풍상의 기록이다. 그 영양분도 그만큼 다양하다. 조르바의 원초적 생명력은 순수하게 마음을 여는 자의 호탕한 개방성이다. 고흐나 말러의 작품은 인생의 고통을 버텨낼 뽀빠이 시금치다. 광고인에게도 인문은 필수적이다. 대중성을 확보한 시나 소설, 영화나 미술의 요소는 사람들의 이목을 끌고 공감을 유도할 좋은 재료들이다. 자, 후안무치의 그들에겐 어떨까? 더없이 좋은 치료제가 될 것이다. 공자든 장발장이든 타인의 감정을 역지사지하는 훈련이 된다. 그러다 보면 수치심을 아는 인간이 될 것이다. 칼 세이건은 지구에 외계인이 나타난다면, 분명 그들의 문명은 우리보다 뛰어날 것이고 우리를 위협하는 일은 없을 것이라고 했다. 문명 발전의 동력이 되는 타인에 대한 공감능력, 사회적 지능이 뛰어날 테니 지구인을 위협하는 일은 하지 않으리라는 주장이다. 디지털의 초연결망이 열어가는 연대와 결속의 시대는 상대방의 고통을 이해하고 배려하는 마음이 없다면 요원하기만 할 것이다.

그때도 맞고,
지금도 맞는 것

눈이 내린다. 분주히 거리를 오가는 사람들의 지친 어깨 위에, 한껏 들뜬 소녀의 털모자 위에, 어묵을 파는 노점의 비닐 지붕 위에 가만가만 눈이 내려앉는다. 사람의 발길이 닿지 않는 곳에 쌓이는 눈발처럼 기쁨과 분노, 회한이 교차하면서 인생의 희로애락도 그렇게 채워져간다. 그게 다 사람의 일 같지만, 사실 시간이 하는 일이다. 시간은 우리를 일어서게 하고, 우리를 용서하게 하고 공평하게 한다. 시간 속에서 성장하지만, 그런 시간의 끝엔 죽음이 있다. 죽음은 마주하기 어려운 상대다. 그러나 시간이 있어 인간은 공평하다. 시간은 가고 누구나 죽기 때문이다. 기억과 망각의 관리자 역시 시간이다.

영화 〈지금은 맞고 그때는 틀리다〉는 시간의 경과에 따른 사랑 이야기다. 전후반부로 나누어진 스토리는 시간에 따라 변하

벽이 문이 되는 순간

는 적나라한 사랑의 이야기를 대조하고 반복하는 감독 특유의 방식으로 보여준다. 영화는 앞에선 찌질했고, 뒤에선 따뜻했다. 지나칠 정도의 솔직함이 속마음을 들킨 듯 불편했다. 그러나 그것이 현실에서 마주치는 사랑의 모습이다. 갑자기 홍상수 감독의 영화를 꺼내 든 것은 시간이라는 인생의 안내자에 대한 그의 새로운 해석 때문이다. 시간의 흐름은 사건의 결과를 결정적으로 지배한다. 그래서 우리는 '가보지 않은 길'에 대한 미련에서 벗어나지 못한다. 우리는 시간을 거슬러 되돌아갈 수 없다. 그러나 이 영화는 다르다. 시간은 단지 사건의 물리적 요소일 뿐이다. 사건의 시작과 결말은 주인공의 관점에 따라 달라지고, 달라진 운명조차 뫼비우스의 띠처럼 인과 구분 없이 서로 연결된다. 결국 '그때'와 '지금'의 구분은 시간이 아니라 상황을 바라보는 인간의 의지다.

역사도 마찬가지다. 그때는 틀렸던 것이 시간이 지난 뒤에 옳은 것이 되기도 하고, 그때 옳았던 것이 지금은 틀릴 때가 있다. 어제의 가해자가 오늘의 피해자가 되고, 충신이 간신으로 변하기도 한다. 이 모든 결정의 주체는 사람이다. 우리는 '언제나 옳은 것', '누구에게나 바른 것'을 정의라고 했다. 상황에 따라 변하는 것이 아니라 늘 그래야만 하는 것, 그때도 맞아야 하고 지금도 맞아야 한다는 뜻이다. 심지어 살면서 가끔 입장이 바뀌는 것도 시대를 초월한 정의를 찾기 위한 우리의 노력이라고 해두자. 누구나 실수는 할 수 있다. 그때는 반성의 눈물도 흘릴 수 있다.

SBS의 〈그것이 알고 싶다〉에서는 위작 논란에 휩싸인 천경자 화백의 〈미인도〉와 김재규 전 중앙정보부장에 대한 이야기를 방영했다. 진품의 진위가 불명확한 것처럼 재판이 끝나자마자 사형이 집행된 김재규가 신군부 탄생의 정당화를 위한 희생양이었는지, 그저 상사의 신뢰를 잃어버려질 두려움으로 국가원수를 시해한 내란미수범인지 분명한 결론은 없었다. 그러나 집요하고 끈질긴 소수의 열정과 희생으로 실체는 드러날 것이다.

결국 변하는 것은 시간이 아니라 사람의 마음이다. 그렇다면 인생은 그저 시간이 흘러가는 것이 아니라, 수많은 사람이 내게 보낸 마음으로 채워가는 것이다. 그러니 비라도 내리거나 바람이라도 부는 날이면 조급한 발걸음을 멈추고, 당신 곁의 작은 목소리에 귀 기울여볼 일이다. 혹시 내 말 한마디로 마음 다친 이는 없었는지, 내 말 한마디가 일으켜 세워줄 사람은 남아 있지 않은지.

벽이 문이 되는 순간

독서를 수면제로
쓰시는 분들

흥중을 헤아린다는 말이 있다. 영어로는 "Read Between the lines"이다. 상사든 고객이든 상대가 원하는 것을 재빨리, 깊숙이 파악하는 능력은 비즈니스맨의 기본이다. 훌륭한 낚시꾼은 물고기의 입장에서 생각하고 노련한 투우사는 소가 되어야 한다는 말도 그래서 나왔다. 그런데 상대의 입장에 선다는 게 말처럼 쉽지는 않다. 자기 잘난 맛에 툭 하면 주관으로 세상을 판단하는 게 인간의 생리다. 그렇다고 도를 닦는다거나 경청한다고 해결될 문제도 아니다. 상대방에 대한 이해와 공감 능력은 어떻게 길러지는 걸까?

가을 여행에서 한 천재 화가의 가난과 그리움, 절망을 목도했다. 제주도의 이중섭 전시관에서였다. 그러나 그의 속마음을 더 깊게 들여다볼 수 있었던 곳은 1년 남짓 그가 살던 집이었다.

한때 그는 서귀포의 1.4평 작은 방에서 가족과 함께 살았다. 그는 이곳에서 가장 행복한 순간을 보냈다. 그러나 가난 때문에 가족을 아내의 친정이 있는 일본으로 보낼 수밖에 없었다. 가족을 끌어안고 얼굴을 맞대는 작품들은 이때 그렸다. 좁은 방에서 맨살을 맞대며 살았던 가족의 감촉과 체취의 기억이 절절했으리라. 한 사람이 눕기에도 버거운 방 앞에서 말년에 그가 어떤 생각으로 그런 작품을 남겼는지 이해할 수 있었다. 최근에도 어느 한 작품전에서 정면을 바라보는 그의 사진과 마주쳤다.

불현듯 고흐의 애니메이션 영화 〈러빙 빈센트〉의 마지막 장면이 떠올랐다. 아무런 감정의 내색 없는 눈동자로 관객을 물끄러미 응시하는 고흐의 모습이었다. 이중섭의 사진과 고흐의 초상화는 묘하게 닮아 있었는데, 마치 그들의 참모습을 몰라본 당대 사람들에게 '언젠간 알게 되리라'라고 말하는 듯했다. 나는 천재들의 가난과 고독이 담긴 작품에서 절박감이 주는 집중력을 어렴풋이 느낄 수 있었다.

상대의 입장에 선다는 것은 추체험을 통해 만고풍상의 인생사를 경험한 자가 누리는 권리다. 그래서 누구나 경험이 최고라고 말한다. 하지만 우리가 가진 시간과 돈은 그리 많지 않다. 인문의 필요성은 바로 여기에 있다. 인간 세상의 모든 사상과 정신은 인문이

벽이 문이 되는 순간

라는 형식을 통해 축적되고 전수됐다. 고흐는 해바라기와 까마귀와 별을 통해 그의 절대 고독을 남겼다. 카잔차키스는 조르바를 통해 철인 정신을 전했다. 바흐의 음악이나 박찬욱의 영화도 마찬가지다. 인문은 생각의 전시장인 것이다. 역지사지의 입장에 서려면 인문을 통해 인생사의 다양한 경우의 수를 확보해 놓으라는 것이다. 춘향전이든 위대한 개츠비든 사랑의 고통이 담긴 작품을 맛본 자가 첫사랑이나 실연에 빠진 자의 고민 상담도 들어주고 위로해줄 수도 있다. 그래서 독서는 타인의 생각을 접수해둘 효과적인 방법인데 여기에 조언해줄 것이 있다.

비즈니스맨의 독서법은 언제 활용될지 모르는 자료를 축적하는 성격이라서 다독, 다상량의 효율적 독법이 필요하다. 그런데도 진도가 나가지 않는 책과 씨름하는 사람이 있다. 쓴 돈이 아까워 책을 수면제로 만드는 경우다. 말했듯이 책의 활자는 작가의 생각이다. 지루한 사람을 만나 이야기하다 하품이 나온 경험을 기억하는가? 그런 자리는 피하는 것이 상책이듯 독서도 마찬가지다. 그 책은 지금 당신과 맞지 않는 책이다. 빨리 다른 책을 뽑아 들어야 한다. 세상엔 수없이 많은 다른 생각이 당신을 기다린다. 그리고 사실 책 한 권에 좋은 관점 몇 개만 얻어도 책값은 이미 뽑은 것이다. 화장은 하는 것보다 지우는 것이 중요하다는 광고 카피가 있다. 비즈니스맨의 독서법은 이와 반대가 아닐까 싶다. 책을 읽기 전에 먼저 책을 고르는 정성이 필요하다는 이야기다. 생각을 읽기 위해 생각의 옥석을 가리는 시간에 투자하라. 이것이 내가 책방에서 두리번거리고 멈칫하는 이유다.

벽이 문이 되는 순간

공간과 시간의
지배자들

2018년 월드컵에서 아시아 진출국의 성적표는 초라하다. 일본만 체면치레했을 뿐이다. 우리나라도 선전했고 나름 이변도 일으켰지만, 끝까지 살아남기엔 역부족이었다. 사실 우리의 최종 목표는 독일을 이기는 것은 아니었을 것이다. 왜 늘 이쯤까지일까? 남미의 성적을 보면 몸집이나 신장을 탓할 일도 아니다. 근본적인 기술력의 차이를 지적하곤 하지만, 수십 년간 계속되는 부진에는 뭔가 뿌리 깊은 이유가 있지 않을까? 축구 경기 도중 해설자가 뒷공간을 놓쳤다며 흥분하는 걸 자주 본다.

축구는 둥근 공의 쟁탈전으로 보이지만, 본질은 공간 지배의 각축장이다. 개인기를 이용해 상대를 돌파하든, 동료의 패스를 통해 전진하든, 90분의 전 과정은 슛하는 공간을 포착하기 위한 고단한 경로다. 홍명보나 기성용 선수가 시야가 넓다는 말은 공간을 전체적으로 운용하는 능력이 뛰어나다는 뜻이다. 프리킥도 마찬가지다. 킥커가 찬 볼은 스크럼을 짠 수비벽의 위나 옆의 공간을 지나 골키퍼의 손이 미칠 수 없는 골대의 빈 공간으로 향해야 한다. 수비수는 공의 진입로를 두꺼운 철벽으로 지키는 공간의 수호자다.

마지막 보루 골키퍼는 누구인가? 조현우의 선방을 떠올려보라. 그는 자신이 점유한 골대의 빈 공간을 뚫기 위해 날아온 공을 향해 몸을 날리고 손과 발을 써서 공의 궤적을 차단했다.

결국 축구 강국은 공간의 지배자들이다. 독일이나 잉글랜드 같은 유럽식 축구는 빠른 스피드를 이용한 측면 돌파와 정확한 로빙 패스에 의해 머리 위의 공간을 장악한다.

반면 브라질이나 아르헨티나 같은 나라는 현란한 개인기와 정밀하고 빠른 패스로 지축 위의 공간을 새롭게 설계한다. 결론적으로 축구에서 실력이란 공간의 창출력과 방어력이다. 이런 관점이 수긍되고 어떤 현상이 일어나는 것은 반드시 합당한 원인이 존재한다는 점을 인정한다면, 다음 월드컵의 성적표도 비슷할 것이다. 우리의 공간 창출 능력이 뒤떨어지는 것엔 뿌리 깊은 역사적 배경이 있기 때문에 체질 개선이나 훈련에 의해 경쟁력을 향상하기 어렵다는 이야기다.

아시아권은 온전히 농경 문화의 전수자들이다. 농경은 압도적으로 시간의 영향 아래 놓인다. 비가 오는 때, 햇볕이 드는 때, 바람이 부는 때를 가려서 경작해야 곡식의 낱알이 굵어지고 과실이 풍성하게 열린다. 절기를 사용하는 이유도 그 때문이다. 오죽하면 '시중時中'이라고 인생사도 타이밍이라고 했을까. 농경 문화의 후손들, 시간의 지배자들이 당당하게 어깨를 펴는 스포츠가 양궁이다. 활시위를 당기고 과녁을 쏘아볼 때 궁사는 활에 대한 몸의 장악력과 표적을 향해 날아가는 활에 대한 공기의 저항을 계산한다. 내 몸 밖의 바람과 내 몸 안의 호흡이 일치되는 균형점을 찾은 순간 활시위를 쏘아 올리는 것이다.

요약하면 월드컵의 연이은 부진은 공간 장악력이 필요한 축구 경기에 양궁이나 사격, 골프에나 필요한 우리의 타이밍 감지 능력이 큰 영향을 미치지 못한다는 이야기다.

그렇다면 우린 계속 들러리나 서야 할까? 여기 한 가지 아이디어를 보탠다. 축구를 양궁처럼 해보면 어떨까? 울돌목으로 진입하는 왜적의 선단을 노려보며 공격의 타이밍을 기다린 이순신 장군의 노림수를 차용해보자는 이야기다. 독일전을 복기해보자. 거칠고도 단단한 우리의 빗장수비가 전반 내내 이어졌다. 그러면서 때를 기다렸다. 시간이 갈수록 독일 선수들은 초조해졌다. 경기 종료를 앞두고 그들은 집중력이 흔들렸고, 드디어 한국 팀이 골을 넣는다. 게다가 골키퍼까지 뛰어나온 순간 공간은 텅 비어 있었다. 시간 싸움에 승리했고 두 번째 결정타가 가해졌다. 강적을 맞아 시간을 벌어 급습의 타이밍을 노렸던 아생연후살타我生然後殺他의 전략은 주효했다.

결론적으로 우리의 체질에 맞는 타이밍의 기술을 축구에 접목해 우리 스타일의 축구를 만들어보자는 것이다. 기술의 부족함을 정신력으로 극복하려면, 체력이 우선해야 한다는 축구 전문가의 뻔한 아침 방송을 듣고 머리를 쥐어짜 몇 자 적었다. 그러나 무엇보다 선결해야 할 조건이 있다. 바로 축구협회나 그 주변 관계자들의 순수하고도 건강한 열정이다. 이해타산에 눈이 멀어 유능한 감독이나 능력 있는 선수를 선발하지 못한다면, 전략이 무엇이건 백약이 무효일 뿐이다.

엄마의
손톱

아내가 꿀에 수삼을 재어 내주었다. 꼬박꼬박 한 숟가락씩
먹을 것, 새 수저로 먹을 것, 식탁에 흘리지 말 것을 주문했다. 조
심스럽게 한술 떠서 입안에 넣고 숟가락을 빨다가 돌아가신 엄
마 생각이 났다. 엄마는 이 보양식을 자주 해주셨다. 엄마의 주
문은 아내와는 달랐다. 때 가리지 말고 수시로 자주 퍼먹으라고
말씀하셨다. 그리곤 급한 일이나 있는 것처럼 집을 나서는 아들
에게 그릇째로 들고 따라 나오시며 수삼을 떠먹이시곤 했다. 아
내와 엄마는 같은 여자이지만 아들에겐 다른 존재였다. 그런 엄
마가 2003년 11월 내 곁을 떠나셨다. 엄마의 고향인 오대산에
함께 갔던 그해 여름 여행이 마지막이었다. 엄마의 임종 때 아내
는 엄마의 손톱 10개를 잘라 간직했다. 그리고 오대산 방아다리
약수터 가장 크고 곧게 자란 나무 밑에 묻어 드렸다. 시인이신

누님은 장례를 마치고 그곳에서 삼남매의 마음을 시로 전해드
렸다.

사랑하는 어머니, 산을 불러 당신을 심습니다.
우리들의 가슴속에 뿌립니다.
철철이 진다 해도 철철이 피어나실 분가루 고운 당신
한 치 혀로 부를 수 없어 목울대마다 붉은 꽃망울이 맺힙니다.
눈뜨면 캄캄한 이 광야에 눈감으면 보이는 당신
그 머나먼 길을 따라나선 오대산 자락에서 잡았던 치마꼬리
를 차마 놓아 드립니다.
이제 산은 어머니가 되고 어머니는 산이 됩니다.
마른 배를 불려 여린 자식들을 우뚝 세우신 내 힘찬 어머니
끝내 산으로 일어서 자식들을 품어 안습니다.
안고 왔지만 안기어 갑니다 맑고 고운 명주울음 당신, 사랑
합니다.
영원히 함께 사는 법을 가슴속에 들어와 사는 법을 가르쳐
주신 당신
이제 모든 걱정 근심 아픔마저 훌 훌 다 털으시고
아름다운 그곳에서 다시 만날 때까지 평안히 평안히 잠드소서.

벽이 문이 되는 순간

기쁘게 잠 드소서.

엄마는 방앗간의 피댓줄을 직접 돌리셨다. 신림동의 네거리
한 모퉁이에서 호떡 장사도 하셨다. 그렇게 버신 돈으로 음식을
먹이고 옷을 입히고 대학을 보내셨다. 명절만 되면 온종일 만두
를 빚었는데, 삼형제에게 나눠준 수백 개의 만두는 냉장고에 칸
칸이 쌓여 몇 달간의 든든한 양식이 되어주었다. 남에게 베푸는
걸 좋아하셨고 배려심도 깊으셨다. 빌려준 돈을 갚지 않고 외국
으로 떠나버린 친구 때문에 마음이 상했던 내게 엄마는 "사람이
속이는 게 아니다. 돈이 속이는 거다. 잊어버려라"라고 말씀해주
셨다. 직장 초년 시절 "말리면 시래기, 버리면 쓰레기"라는 헤드
라인으로 조선일보 광고공모전에서 상을 받았는데, 엄마가 신
림시장에서 시래기를 말리고 짚으로 엮어서 만들어주신 소품을
사용한 작품이었다. 엄마는 당시 가장 싸고 쓴 청자라는 담배를
즐겨 피우셨는데, 상금을 받아 조금 비싸고 연한 은하수를 사드
렸다. 그때의 환한 표정이 지금도 생생하다. 대한민국 광고대상
의 대상을 수상했던 '삼성생명 효 캠페인'도 그런 어머니의 기억
에서 만든 것이니 엄마는 온전히 내 인생의 그림자였다. 그런 엄
마에게 왜 그리 따지고 대들었는지. 한스럽고 죄스러운 마음으

로 또 한 번의 11월이 가고 있다.

아기가 태어나려면 엄마가 아픔을 겪게 마련이다. 진자리 마른자리 갈아 뉘시는 뒷바라지가 없다면, 누군들 이 세상에 바로 서겠는가. 어디 부모님뿐이랴. 우리는 뒤늦은 후회로 인생을 채워가는 아둔한 존재다.

최근 엄마의 사랑을 소재로 감동을 주는 광고 한 편이 선보였다. 독거 어르신의 외로움과 무료함을 달래주는 SK텔레콤의 행복 커뮤니티 ICT 돌봄서비스 광고다. 광고의 주인공은 박은희 할머니다. 할머니가 가장 보고 싶은 사람은 자식이 아니라 엄마다. 새하얀 머리와 얼굴에 핀 검버섯에는 늙어지면, 누구도 피할 수 없는 외로움과 고독이 짙게 배어 있었다. 할머니는 얼마 뒤면 이 세상 사람들과 이별해야 한다. 그러니 할머니는 아들이 아니라 돌아가신 엄마가 보고 싶은 것이다. 할머니는 돌아가신 엄마가 보고 싶다며 "곧 만나게 되겠지"라고 뇌까린다. 그리고 생전의 엄마가 즐겨 듣던 노래 〈눈물 젖은 두만강〉을 틀어달라고 아리아에게 부탁한다. 행복 커뮤니티 서비스 런칭 행사에서 피겨 여왕 김연아는 "아리아, 보잘것없는 나에게 와서 나의 외로움을 달래줘서 고마워"라고 하며, 한 할머니의 감사 편지를 대독했다. 개인주의적 세태와 디지털 기술이 만들어내는 각박하고 건조한 세상일수록 휴머니즘을 담은 콘텐츠가 더욱 빛을 발한다.

광고를 보고 엄마의 손톱이 묻혀 있는 오대산 방아다리 약수터가 떠올랐다. 상을 받았던 삼성생명 효 캠페인의 카피는 '엄마가 내 새끼가 새끼 낳는다고'였다. 이번 SK텔레콤의 광고에선 할머니가 "엄마가 보고 싶어. 곧 만나겠지"라고 말하는 장면이 있다. 엄마는 어린 새끼가 아플까 평생 걱정이고 늙어서는 돌아가신 엄마가 보고 싶어 눈물짓는다. 자식은 그런 엄마가 살아계실 때 불효했던 마음으로 평생을 살아간다. 자식과 엄마의 사랑은 윤회하는데, 엄마의 사랑은 불멸한다.

올 추석 마을 어귀에서
우물을 만난다면

마이클 래드포드 감독의 〈일 포스티노〉는 섬에 사는 한 가난한 배달부가 삶의 새로운 의미를 찾는 영화다. 무기력했던 그가 인간에 대한 존경과 연인에 대한 사랑을 얻고 사상적 가치마저 깨닫게 된 동력은 시가 지닌 은유적 세계다. 그는 칠레의 망명 시인 네루다를 만나 비가 내리는 소리가 하늘이 우는 소리도 될 수 있음을 알게 된다. 그는 바다가 "배가 단어들 사이에서 통통 튕겨지는 느낌"이라고, 사랑하는 사람의 미소가 "나비의 날개처럼 얼굴 위에 펼쳐지는" 모습이라고 그려낸다. 그에게 또 하나의 다른 세상이 열린 것이다. 우리 눈에 보이는 세상의 반대편엔 그림자처럼 따라다니는 또 다른 세상이 존재한다.

뜨거운 여름을 털어내려 마포대교를 걸었다. 선선한 가을바람이 대관령 양떼목장 같은 하늘을 만나 그 청명함과 상쾌함이

벽이 문이 되는 순간

이루 말할 수 없었다. 바로 이때, 말로 표현할 수 없을 때 비유와 은유는 탄생한다. 어느 후배가 "이마로 대못을 박는 심정"으로 새 출발한다고 표현했을 때, 그의 흉중을 읽을 수 있었다. 인간이 가진 은유와 비유의 최고 형태는 시다. 시는 운율을 위한 축약을 그 특징으로 하기 때문에 형태의 아름다움과는 달리 작가의 의도는 잘 드러나지 않는다. 문맥 파악이 쉽지 않아 전체적인 맥락을 이해하기 어렵다. 물론 몇 번의 숙독을 거치고 상상력을 동원하면 감정이입과 해석이 가능하다.

반복해서 읽다 보면 내용이 이해되는 경우다.

한편 작가의 속내를 좀 더 들여다봐야 이해되는 시가 있다. 작가가 살아온 시대나 그가 처한 상황을 알아야 해석이 가능해지고, 그래야 문맥이 이어지고 맥락이 나타난다. 김종삼 시인의 「북 치는 소년」을 보자. "내용 없는 아름다움처럼 가난한 아희에게 온 서양 나라에서 온 아름다운 크리스마스 카드처럼 어린 양들의 등성이서 반짝이는 진눈깨비처럼." 작가의 의도를 이해할 수 있는가? 문학적 아름다움이 느껴지는가? 그를 알고 그 시대를 알고 이어보면 이렇다. "가난한 나라의 거리에 서양의 크리스마스 캐럴이 울려 퍼진다. 시인은 쇼윈도에서 부자나라에서 온 크리스마스 카드를 우연히 발견한다. 그는 자기 땅에 사는 아

이들에게 이 아름다운 카드가 어떤 의미가 있을까를 생각한다."
크리스마스 카드의 그림은 아름답지만, 가난한 나라의 아이에겐
아무런 의미가 될 수 없다는 뜻이다.

창의적인 사람들은 상이한 개념에서 유사성을 발견한다. 유사
성을 발견하려면 사물과 사태의 추이를 깊게 들여다보고 배경과 근
원까지 파악하려는 노력이 필요하다. 시는 여기에 좋은 자양분이
된다. 시 속의 문맥과 맥락의 변화를 감지해내는 훈련을 통해, 세상
반대편에 그림자처럼 따라다니는 또 다른 세상이 존재함을 알게 될
것이다. 가령 올 추석 고향 가는 길, 마을 어귀 외딴 우물이라도
문득 만난다면, 그래서 윤동주의 「자화상」이 떠오른다면, 당신
은 세파에 시달려 상처투성이인 자신과 마주할 테니 우물가에
앉아 한동안만이라도 그를 잘 보듬어주라는 이야기다.

모에 상동을 좋아하는
킬러 퀸

　며칠째 퀸을 흥얼거렸다. 요즘에는 젊은 친구들도 그렇다고
한다. 지천으로 널렸으니 유튜브로 들어가서 확인해보라. 그들
의 강력하면서도 섬세한, 애절하면서도 폭발적인 노래와 무대를
휘어잡는 카리스마는 우리에게 열정과 자유, 광기와 해방감을
던져주었다.

　1985년에 펼친 라이브 에이드 공연에 동참했던 엘튼 존조
차 "그들이 무대를 훔쳤다(They Stole the Show!)"라고 인정했다. 영
화 〈보헤미안 랩소디〉는 퀸의 리드 보컬 프레디 머큐리의 전기
영화다. 이 동아프리카 탄자니아 출신의 양성애자는 고독하고
외로운 삶을 살다가 '영국의 두 번째 여왕'이라는 명성을 얻고,
1991년 45세의 나이로 불꽃처럼 세상에서 사라졌다. 영화가
끝나고 타이틀이 올라갈 때까지 자리에 앉아계시기 바란다. 타

이틀이 올라갈 때 실제의 그가 나타나 온 힘을 짜내 〈나를 멈추게 하지 말아요Don't Stop Me Now〉를 부른다. 그는 에이즈에 걸린 사실을 숨기며 마지막 순간까지 음악을 만들고 뮤직비디오에 직접 출연했다. 짙은 화장의 깡마른 그가 열창할 때, 노래는 팝의 여왕도 멈출 수 없는 운명의 랩소디가 되었고 목구멍이 얼얼해졌다. 대역배우가 펼치는 재연의 완성도는 신기한 수준이었고, 당시를 똑같이 담아내려는 스태프들의 보이지 않는 노고도 느껴졌다. 그러나 노래는 멜로디라는 그릇에 담긴 메시지다.

프레디 머큐리는 퀸의 히트곡 대부분을 직접 작사, 작곡했다. 그의 철학적이고도 사회적인, 은유적이면서도 도발적인 작사 능력이 없었다면, 과연 그들이 전설로 남을 수 있었을까? 웸블리와 필라델피아와 리우에 운집한 수만 명 군중의 떼창을 이끌어 낸 그의 메시지는 무엇이었을까? 그들의 메시지를 좀 더 들여다보면 알 것이다.

그들의 출세작 〈킬러 퀸〉은 그가 5분 만에 만든 곡이다. 킬러 퀸은 화대를 지불하고 사는 하룻밤의 여자를 말한다. 프레디는 어떻게 묘사했을까? 프랑스산 향수와 모에 상동 와인을 캐비닛에 보관한 여인, 화약과 젤라틴, 레이저빔과 다이너마이트 같은 열정의 여인이라고 했다. 그녀는 남작 부인의 품위와 게이샤 미나와 같은 순종적인 면을 동시에 지닌 여인이라고 했다. 빵이 없으면 케이크를 먹으면 된다고 했던 마리 앙투아네트의 백치미에 후르쇼프와 케네디를 중재할 친화력을 갖춘 여자가 있으니 어떠냐며 하룻밤을 제안한다. 독창적이고 개성미가 넘치지 않는가? 그는 그가 원하는 이미지를 비유와 은유를 통해 순식간에 만들어내는 유니크한 크리에이터였다.

그의 대표작인 〈보헤미안 랩소디〉는 그가 27살 때 만든 곡이다. 살인을 저지른 아들이 그의 어미에게 구원을 청하는 내용으로, 자신의 죽음에 대한 두려움과 삶에 대한 허무함이 역설적으로 드러나는 곡이다. 이 곡은 각기 다른 음악적 장르의 구성으로 유명한 곡이다. 가사와 함께 그 구성을 요약하면 이렇다.

먼저 장중한 템포의 아카펠라의 형식으로 위험에 빠진 자신의 자전적 이야기기가 시작됨을 알린다. 그리고 살인을 저지른 아들의 고백이 슬프고 애절한 발라드로 이어진다. 그 살인의 배경으로 자신의 인종적, 종교적 뿌리를 드러낼 때는 오페라 형식을 빌려 이야기의 주인공이 자신임을 암시한다. 누구도 나를 단죄할 수 없다는 분노와 거부의 의지는 강렬한 비트의 하드락으로 전달한다. 인생이 어느 곳으로 흘러가든 담담하게 받아들이겠다는 마지막 고백은 역시 발라드의 몫이다. 그러니 이제 보면 그 유명한 보헤미안 랩소디의 형식적 새로움도 메시지를 돋보이기 위한 필연적 선택이었다.

위대함을 드러내는 진면목은 전달의 형식보다는 내용에 있다. 물론 그것은 자신의 생각을 허위나 가식 없이 전달하되 개성과 품격을 놓치지 않아야 한다. 그가 스타를 넘어 전설이 된 이유다. 비틀스의 〈렛잇비〉나 〈예스터데이〉가 시간과 공간을 뛰어넘어 여전히 당신의 사랑을 받는 것도 마찬가지다. 세상사도 그렇고 광고도 마찬가지다. 내용이 없는 아름다움은 요란한 빈 깡통이다. 그나저나 영화를 봐도 이리 보인다. 뭐 눈에는 뭐만 보인다더니.

북소리와 북소리와 북소리

또 한 번의 가을이 왔다. 젊은이의 명소로 새롭게 뜬 익선동 밤거리는 인파로 가득했다. 맑고 찬 가을 공기가 따뜻한 인연을 이으려는 사람들의 발길을 이끌었다. 강아지를 키우는 재미로 살아가는 친구와 함께 살이 통통하게 오른 병어조림을 놓고 길거리 좌판에서 소주잔을 기울였다. 우리는 여름날의 불볕더위를 기억했고 다가올 시린 겨울을 예감했다. 선홍빛의 단풍으로 물든 사찰 유람을 서둘러야 할 계절이다. 수년 전 가을, 나는 표정을 알 수 없는 자의 예고 없는 급습으로 실직의 실의에 빠져 있었다. 나는 남쪽으로 내려가 선운사를 찾았고, 그곳에서 법고의 풍경을 마주했다. 먹먹한 심정을 가슴에 누르며 다만 바라보았는데, 우람한 몸집의 스님이 양팔로 허공을 휘저으며 두드리는 새벽의 북소리는 단지 북소리가 아니었다.

벽이 문이 되는 순간

사찰에서 부처의 울림을 전하는 소리는 불전사물佛殿四物이라 해서 운판, 목어, 범종, 법고 4가지다. 운판은 하늘, 목어는 물속, 법고는 땅 위, 범종은 지옥의 중생들에게까지 제도를 전한다. 법고는 아침과 저녁 예불과 법식을 거행할 때 연주하는 북이다. 잘 건조된 나무로 북의 몸통을 구성하고, 소리를 내는 양면은 소가죽을 사용한다. 이때 가죽의 한쪽 면은 암소 가죽을, 다른 쪽 면은 수소 가죽으로 만든다. 사전을 펼쳐보니 법고를 연주해서 중생의 번뇌를 없애는 것은 진陳을 치던 군사들이 북소리가 울리면, 전진해 적을 무찌르는 기세와 같은 것이라고 풀이해놓았다. 법고는 축생들의 번뇌를 없애는 응원가인 셈이다. 그날 새벽 나도 얼마간의 위안과 지지를 받았으니까. 사찰의 법고는 구원救援의 북소리다.

또 다른 북소리가 있다. 영화 〈위플래쉬〉의 재즈 드럼을 기억하시는지. 유명한 색소폰 연주자 찰리 파커와 재즈 드러머 조 존스의 이야기를 오마주한 영화 속에서 스승과 제자는 피눈물 나는 득도의 과정을 통해 온몸을 불사르는 예술가의 영혼을 보여준다. 위플래쉬의 재즈 드럼은 열정의 북소리다. 가장 대중적이면서 파워풀한 드럼 연주자로는 레드 제플린의 존 보냄을 꼽는다. 그가 홀로 연주하는 〈Moby Dick〉(Led Zeppelin 2)이나 그의 애칭을 따서 만든 〈Bonzo's Montreux〉(CODA)는 메탈드럼의 진수다. 그는 1980년 33세의 나이에 과음으로 질식사했다. 천재의 요절이었다. 존 보넘의 북소리는 비운의 북소리다. 사람이 가는 길이 인생의 수만큼 있듯이 북소리도 북의 개수만큼이나 존재할 것이다.

선운사와 위플래쉬와 존 보넘의 북소리는 같지만 다르고 다르지만 같다. 북에서 나는 소리지만 종교적으로, 예술적으로, 음악적으로 모두 다른 의미가 있기 때문이다. 공감하시는지. 새로운 관점은 사물의 유사성에서 차별성을 발견해서 보편성을 획득하는 과정이다. 여기엔 같은 사물이 지닌 이면을 재빨리 알아채고 온몸을 열어 이입하는 감수성이 기본이다. 이 방면의 탁월한 선두주자는 시인이다. 이들은 생활의 모든 접점이 인문이고 수시로 어디론가 떠나는 역마살의 인생을 산다. 마주치는 세상의 농밀한 감수를 통해 그곳으로 다시 새로운 관점을 풀어놓는 매우 효율적인 삶의 방식이다. 이 가을 당신에게 들려오는 북소리는 무엇인가?

벽이 문이 되는 순간

아이유와
기예르모 델 토로

요즘 화제작이라는 세 편의 영화를 감상했다. 원작의 모티브를 잘 살린 따뜻함이건, 다큐멘터리 형식의 팽팽한 신경전이건, 전혀 다른 화법의 연애론이건 본전 생각 안 나는 작품들이었다. 이 중 굳이 한편을 추천하라면 〈셰이프 오브 워터〉다. 문화 콘텐츠의 운명은 보편성과 특별성이 교차하는 어디쯤 있다. 한쪽은 대중에 편승해 천만 관객을 모으는 히트작이 되거나, 다른 한쪽은 낯설고 독특한 이야기로 새로운 영역을 개척한다. 둘 다 쉬운 일은 아니다. 대중에 편승한 보편성의 영역은 지루할 수 있고, 낯설고 새로운 독특성의 영역은 자칫 관심 밖으로 밀려날 수 있기 때문이다. 꽉 들어찬 관객의 기립박수를 받으려면 '대중이 공감할 수 있는 내용'을 '특별하게 담아내는 방식'을 찾아내야 한다.

〈리틀 포레스트〉는 이가라시 다이스케의 일본 원작을 옮긴 한국 영화다. 시험과 연애와 취업에 시달리는 세 젊은이가 사계절을 함께 보내며 겪는 이야기다. 영화에선 사계절의 아름다운 풍광과 오감을 자극하는 음식의 향연이 이어졌다. 주인공과 그의 엄마가 자신들만의 삶의 방식을 찾아가는 모습은 기차 창밖으로 펼쳐진 시골 풍경을 보는 것처럼 편안했다. 특히 젊은 층의 무력감, 세대 간의 소통 단절은 우리 세대가 다 함께 겪는 문제라서 가족 영화로 훌륭했다. 그러나 원작을 각색한 작품이라 새로운 장르를 열어가는 용기나 모험심을 기대할 수는 없었다.

〈더 포스트〉는 4명의 미국 대통령이 감춰온 국가 기밀을 폭로해 권위지로 우뚝 선 워싱턴 포스트의 이야기다. 문득 초등학교 시절 교실에서 없어진 물건 때문에 다 함께 무릎을 꿇고 벌을 받은 기억이 떠올랐다. 범인은 체육 시간에 몰래 교실에 남아 있던 내 친구였는데, 나는 결국 못 본 척하고 말았다. 살다 보면 누구나 자신의 이익에 반하는 진실의 문제에 마주친다. 그것을 다루는 것이 본업인 언론인이야 말해 무엇하랴. 미투 운동의 광풍도 강압적 권력에 맞서는 미약한 개인의 용기라서 이 영화에 대한 공감이 클 것 같다. 주연 배우의 대사가 스피디한 연출로 버무려져 시종 긴박하고 팽팽했는데, 이와 유사한 주제를 유사한 방식으로 다룬 작품들이 많아 '새로운 최초'가 주는 감동을 느낄

수는 없었다.

〈셰이프 오브 워터〉는 흔한 사랑과 소통에 관한 영화다. 그런데 불편할 만큼 기발했고 오싹할 만큼 독특했다. 여자 주인공이 실험실 수조에 갇힌 흉물스러운 괴생명체를 사랑하기 때문이다. 이 둘은 심지어 육체적인 사랑도 나눈다. 게다가 '나도 그 사람처럼 소릴 못 내요. 그럼 나도 괴물이에요?'라고 되묻는다. 목숨을 걸고 그 괴물을 탈출시키는 청각장애인 여주인공은 괴물과 지고지순한 사랑을 통해 세상의 편견에 도전하고 자신의 운명까지 구원하려는 듯했다. 그들이 보여준 물속의 포옹씬은 인간 세계가 닿지 못할 신화적 색깔로 사랑에 대한 상상력의 극대치를 보여주었다. 사랑이라는 진부한 소재를 독특한 형식미로 펼쳐내 완전히 다른 감동을 던져준다.

철학자 최진석 교수는 선진국의 기준은 새로운 장르를 만들어내는 힘이라고 했다. 〈셰이프 오브 워터〉는 기예르모 델 토로 감독이 오랫동안 연마한 특유의 판타지로 환상적인 사랑 영화의 새로운 장르를 탄생시켰다. 물론 〈토니 에드만〉의 포옹씬이나 〈라라랜드〉의 댄스씬이 연상되는 장면도 언뜻 보이지만, 세상에 온전히 유일무이한 것이 어디 있으랴. 모든 것은 반사된 빛이라고 하지 않았나. 한번 보시면 알 것이다. 사랑을 주제로 했다고는 하지만, 허진호 감독의 〈8월의 크리스마스〉는 남겨진 사랑이고 양가위 감독의 〈화양연화〉는 스쳐 가는 사랑이고 김태용 감독의 〈만추〉는 돌아오지 않을 사랑이다. 모두 다 같은 사랑인데 자기만의 방식으로 자기만의 이야기를 탄생시켰다. 그래서 사랑 영화의 연대기에 당당히 올라 있는 것이다.

아이유에 대한 《뉴욕타임스》의 평가를 들었는가? K-POP의 진부함을 깨고 독창적 매력을 지녔다고 했다. 그녀만의 감성으로 정서적 위안까지 주었다는 것이다. 그녀는 아시아인으로서는 유일하게 '방향성 있는 음악 25곡'의 주인공이 되었다. 그녀는 더 이상 출석부의 한 줄이 아니다. 당신만의 '리틀 포레스트'는 어디에 있을까?

벽이 문이 되는 순간

인면조를 바라보는 감수성

　　동장군이 물러설 줄 모른다. 저마다 추위에 웅크린 모습으로 제 갈 길을 재촉하고 있었다. 나는 종종걸음으로 4호선 길음역 지하철에 내렸다. 열차를 기다리다 출입구 스크린 도어에 새겨진 시 한 편과 마주쳤다. 「이른 아침에」라는 시민공모작이었다. "감 하나가 툭 떨어진다. 한 뿌리에서 나와 꽃을 피우고 열매가 되었지만 제 생을 다 못하고 만 감. 우두커니 서 있는 감나무 마디마디가 저려, 장승이 되어 버린 눈빛에 나도 모르게 떨어진 감을 나무 발치에 올려놓았다. 십 년 전 하늘 가신 엄마 가슴에 묻은 두 자식은 만나 보았는지." 시인은 감나무에서 떨어진 감을 보고 돌아가신 엄마를 떠올렸다. 엄마 또한 남겨진 자식 걱정에 눈을 제대로 못 감았으리라. 마디마디가 저린 엄마와 이별한 아픔이 그대로 전해졌다. 나 역시 돌아가신 엄마 생각에 잠시 먹먹

했다. 그렇지. 감나무에게 떨어진 감은 자식인 것이지.

문득 강은교 시인의 시 「물길의 소리」가 떠올랐다. 시인에게 흘러가는 물소리는 어떤 것일까? 그녀는 물소리가 물이 돌에 부딪히는 소리, 물이 바위를 넘어가는 소리, 물이 바람에 항거하는 소리, 물이 바삐 은빛 달을 앉히는 소리라고 했다. 시인은 한 발 더 나아가 물과 자연과의 관계를 연상한다. 은빛 별의 허리를 쓰다듬는 소리, 소나무의 뿌리를 매만지는 소리, 햇살을 핥는 소리, 핥아대며 반짝이는 소리, 길을 찾아가는 소리라고 했다. 그리고 눈을 감고 귀에 손을 대면 또 다른 물소리가 들린다고 했다. 물끼리 몸을 비비는 소리, 물끼리 가슴을 흔들며 비비는 소리, 몸이 젖는 것도 모르고 뛰어오르는 물고기들의 비늘 비비는 소리, 심장에서 심장으로 길을 이루어 흐르는 소리라고 했다. 시인은 사람도 혼자 살 수 없듯이 물도 마찬가지라고 이야기한다. 돌, 바위, 바람, 달, 별, 소나무, 햇살, 길, 몸, 가슴, 물고기, 심장… 흐르는 물이 내는 소리는 저 혼자 내는 소리가 아니라 누군가와 만나고 부딪혀 내는 소리이고, 흘러가며 만나는 모든 것의 관계의 소리이고 듣는 사람의 귀와 가슴과 심장으로 흐르는 감각의 소리라고 했다. 물소리는 하나다. 그러나 이처럼 시인은 천양지차의 물소리를 알아채고 느끼고 표현한다.

서설이 길었다. 창의성이 뛰어난 사람들의 기질적 특성은 감수성이다. 감수성이란 사물의 차이나 사태의 진전을 예민하게 알아채고 반응하는 정서적 능력이다. 감수성이 뛰어난 사람은 대상이나 사태의 이면으로 손쉽게 스며들어 남다른 관점을 포착한다. 감수성의 문제는 주로 예술 분야에서 아름다움을 표현하는 작가의 기질적 성향으로 취급되었는데, 최근에는 그 논의의 폭이 커졌다. 디지털 혁명으로 인한 기술적 진전은 고도의 생활 가치를 창출해야 한다. 여기에 탁월한 감성을 지닌 인재의 심미적 안목이 들어가면, 기술적 진전은 화룡점정을 찍는다.

2018년 평창올림픽 개막식에 인면조가 등장했다. 고구려 고분벽화에 나오는 인간을 닮은 새로 무병장수와 평화를 의미한다. 모습이 낯설고 기괴해서 말들이 많았지만, 시간이 지나면서 긍정적인 반응이 이어졌다. 낯설다는 감정은 '최초의 것'이 감내해야 하는 통과의례다. 무난했다면 평범했다고 실망했을 것이다. 아날로그적 감수성의 극단을 보여준 그분들의 용기에 박수를 보낸다. 이제 남은 것은 당신의 감수성이다. 어느 시인이 노래한 것처럼 발길에 무심코 차이는 대추 한 알에서 당신은 무서리 내리는 몇 밤, 땡볕 두어 달, 초승달 몇 날의 인고의 시간을 알아채고 느낄 수 있겠는지. 감感수受할 수 있겠는지.

죽은 자가
전하는 말

다낭에서 후예로 가는 길은 정글의 안쪽이었다. 여기에도 오토바이 행렬이 줄을 이었다. 구정은 그들에게도 가장 큰 명절이다. 그들은 등과 짐칸에 한 보따리씩 선물을 싣고 앞만 보고 내달렸다. 누군가 베트남 처녀들이 한국으로 시집오는 이유를 물었다. 가이드는 그들이 가난한 집을 일으키는 심청이라고 했는데, 요즘엔 한국에서 못 견디고 돌아오는 경우가 많다고 했다. 그래서 한국 신랑과 나이 차이가 많으면 결혼을 금지하는 법이 생겼단다. 가이드는 박항서 감독의 열풍도 걱정이었다. 그들의 냄비근성이 우리 못지않다는 것이다. 그는 호찌민루트의 버스 안에서 베트남 전쟁 때 살포된 고엽제의 상처가 자신에게 아직도 남아 있다고 했다. 고엽제는 살에 닿는 순간 모기도 달려들지 못할 만큼 서늘한 기운이 돌아 더위를 잊게 만드는데, 그 살인적

증상이 바로 나타나지 않아 더욱 치명적이라고 했다. 베트남의 베스트셀러인 침향이나 노니도 그 치료제로 쓰인다. 지금은 만병통치약이 되었다. 21명의 관광객을 태운 버스는 중국의 침략을 막아준 장대한 안남산맥을 정면으로 바라보고 2시간을 달렸다. 응우옌 왕조의 12대 황제 카이딘(1885~1925)의 무덤으로 가는 길이다.

양옆으로 드넓게 펼쳐진 논밭은 영화 〈인도차이나〉의 한 장면을 연상했다. 논밭 안에 많은 묘지가 흩어져 있었는데, '개장식'이라는 그들만의 장례 문화다. 망자는 일단 집 근처의 논이나 들판의 공동묘지에 안장된다. 3년이나 5년 후 습기 때문에 시신은 뼈만 남는다. 이때 묘를 개장해 살을 발라내고 뼈만 깨끗하게 추려서 석관이나 항아리에 모신 뒤 생전에 고인이 묻히길 원했던 곳에 다시 안장된다. 배산임수背山臨水의 명당을 고집하는 우리로서는 상상할 수 없는 일이다. 아마도 땅을 사서 모실 수 없는 가난한 사람들이 가까운 곳에 모셔서 마음이라도 편하고자 해서 내려온 전통일 것이다.

몸이 가난한 사람은 마음의 부자라는 말이 떠올랐다. 인간에게 영혼이 존재한다면, 그들의 조상은 복 받은 것이리라. 시대가 변하면 사람도 변하기 마련이다. 요즘은 여기에도 납골당이 들어서고 있고, 특히 한국 사람들의 새로운 사업 아이템으로 떠오르고 있다. 카이딘 황제릉은 주권국의 왕을 포기하고 지배자의 꼭두각시로 살아간 그의 내력답게 프랑스 왕릉의 축소판이다. 화려하게 치장된 그의 동상 18m 아래에 유골이 안치되었다고 한다. 그는 베트남을 배반해서 베트남의 유적이 되었고, 그렇게 후세의 베트남에 일조하는 아이러니를 연출했다.

다음 날 나는 전혀 다른 죽음과 마주했다. 바로 틱꽝둑釋廣德 스님의 이야기다. 1963년 베트남은 가톨릭 신자인 딘 디엠吳廷琰 대통령의 불교 탄압과 폭정으로 혼란의 연속이었다. 틱꽝둑 스님은 그해 6월 11일 오전 사이공 시내에 위치한 미국 대사관 부근의 교차로에 가부좌를 틀고 앉았다. 제자 승려가 스승이 가부좌를 틀고 앉은 주위를 돌며 가솔린을 흠뻑 부었다. 틱꽝둑 스님이 성냥을 그어 자신의 가사에 불을 붙이는 순간, 화염이 치솟았다. 그는 자세를 흩뜨리지 않고 불길에 온몸을 맡겼다. 틱꽝둑 스님은 그 전날 제자들에게 "만약 내가 소신공양 중 앞으로 넘어지면 나라가 흥하게 될 것이니 그때는 해외로 망명하라. 내가 뒤로 쓰러지면 우리의 투쟁은 승리하고 평화를 맞게 될 것"이라는 유언을 남겼다. 불길이 거세지자 틱꽝둑 스님의 상반신이 잠시 앞으로 기울었다. 곧 그는 다시 허리를 곧추세워 가부좌를 했고, 마지막 순간 뒤로 조용히 넘어졌다. 분신하는 동안 그는 조금의 신음소리도 내지 않았다. 주위에 있던 스님들이 화염에 휩싸인 스님을 향해 절을 올렸고, 비명을 지르며 울부짖었다. 주변에 출동했던 베트남군의 일부 병사들마저 '받들어총' 자세로 예를 표했다. 그의 분신은 남베트남의 쿠데타로 이어지고 딘 디엠 정권의 몰락을 가져왔다.

지금 티엔무사원 전시관에는 틱쾅둑 스님이 분신할 때 타고 온 파란색의 오스틴 자동차와 함께 타다 남은 그의 심장을 두 손으로 받쳐든 어린 스님의 사진이 걸려 있다. 심장은 소신공양 후 8시간의 화장 속에서도 태워지지 않았다. 그의 죽음은 믿는 자가 믿는 것을 위해 믿지 못하는 자에게 헌신되는 궁극의 죽음이었다. 사원 너머 수평선 위로 어둠이 떠올랐다. 나는 갈등과 반목의 우리 땅에 그 같은 사람이 있는지 생각했다. 죽은 자는 산 자의 기억 속에 환생한다.

벽이 문이 되는 순간

꽃보다 아름다운 사람들

　전주에 위치한 농촌 진흥청에서 토론할 기회가 있었다. 마침 행자부의 '고향희망심기'라는 프로젝트를 고민 중이어서 겸사 겸사 참여했다. KTX를 타면 서울에서 익산까지 1시간 6분밖에 걸리지 않는다. 반나절 생활권이다. 버스를 타고 전주로 들어가는 길에 눈에 띄는 '호남제일문'이란 현판은 그 옛날 만주를 호령했던 대륙적 호탕함이 느껴졌다. 유라시아를 향해 해양에서 보면 '대륙제일문'이 될 수도 있다. 군이 일 때문만이 아니라 여행의 여정으로도 나쁘지 않았다는 이야기다. 그러나 그곳의 인상이 따뜻하게 남은 것은 그곳의 사람들 때문이다. 따뜻한 저녁도 그랬지만 기차 시간에 맞추기 위해 책임자 되시는 분이 직접 운전해서 어두운 밤길을 데려다주었기 때문이다. 지난주엔 배와 스마트팜으로 재배한 성주 참외를 보내왔고, 맛과 식감이 어떠냐며 물었다.

2016년 칸 영화제 황금종려상 수상작인 〈나, 다니엘 블레이크〉는 영국의 복지 제도와 관료주의를 비판한 영화다. 이 영화에는 '사람'이 있다. 성실하게 살아온 늙은 목수 다니엘 블레이크는 질병 수당이 끊기면서 힘겨운 삶을 살아간다. 우연히 만난 젊은 엄마 케이티는 성매매를 하면서까지 비참한 삶에서 벗어나고자 한다. 막다른 길에 몰린 블레이크는 상담사에게 "인간은 자존감을 잃어버리면 다 잃는 것이죠"라고 말하며 명단에서 빼달라고 말한다.

결국 다니엘 블레이크는 케이티에게 새로운 삶의 희망을 안겨주고 숨을 거둔다. 케이티는 그의 유언을 담담하게 읽는다. "나는 게으른 사람도 사기꾼도 아닙니다. 거지도 도둑도 아닙니다. 난 묵묵히 책임을 다해 떳떳하게 살았습니다. 난 굽실대지 않았고, 이웃이 어려우면 그들을 도왔습니다. 나는 내 권리를 요구합니다. 인간적 존중을 요구합니다." 〈나, 다니엘 블레이크〉는 자본주의의 부조리함을 이야기하며, 사람이 살아가면서 지켜야 할 최소한의 요건에 대해 진지한 물음을 던졌다.

매일 눈 뜨자마자 사건들과 마주한다. 사건의 주인공은 사람이다. 사람이 사건을 만든다. 그런데 사람은 저마다 다르다. 그렇

벽이 문이 되는 순간

다고 함께 사는 데 필요한 기본적 원칙까지 무분별하게 허용해 서는 안 된다. 광화문 광장에서 극단의 입장을 가진 사람들이 등을 맞대고 마주했다. 지금 저곳에 양극단의 모습으로 서 있는 저 사람들은 누구일까? 기실 한국 현대사의 커다란 정치적 사태에 대한 입장 차이라고 할 것이다. 그러나 사람의 관점으로 다시 보자. 인간에 대한 기본적인 예의와 사람이 갖추어야 할 최소한의 자존심의 기준으로 보자는 것이다. 어느 한쪽을 편들 생각은 없다. 다만 재판정에서 태극기를 꺼내 보이고 거리에서 유혈 사태를 언급하고 재판관의 집 주소를 공개하며 위협하는 몰염치와 몰상식이라면, 그런 사람들이 지향하는 정치적인 입장 역시 용납되기 어렵다. 다 떠나서 사람으로서 해서는 안 될 일이기 때문이다. 진실은 현장에 있고 현장엔 사람이 있다. 광고계의 전설적 카피라이터 헬 스테빈스도 말했다. "다른 모든 것은 잊어도 좋다. 이것만은 명심해라. 제품을 움직이려면 사람의 마음을 움직여야 한다는 것을." 사람으로 판단하라. 그리고 그는 한마디 더 덧붙였다. "광고는 차가운 냉장고에서 흐르지 않고 따뜻한 오븐에서 흐릅니다"라고. 당신은, 나는, 사람은 정말 꽃보다 아름다운가.

수상을 거부한
사람들

한 해를 결산하는 시상식의 시즌이다. 명예로운 훈장을 거머쥔 자는 소감을 준비할 것이다. 1992년 대종상에서 한 여배우는 "아름다운 밤이에요"라는 말로 상 받는 자의 설렘을 극적으로 표현했다. 2006년 한 언론인은 "33%는 제작진께, 33%는 인터뷰이들에게, 33%는 청취자들에게 돌리고 나머지 1%만 저와 가족들이 가져가겠습니다"라는 소감으로 겸손한 자의 품격을 보여주었다. 누구나 세월이 지날수록 부끄럽고 참담한 느낌으로 얼굴이 달아오르는 순간이 있다. 운 좋게 몇 번의 광고상을 받은 내 소감과 글이 그랬는데, 장황하고 자화자찬으로 가득했다. 상을 받는 것은 좋은 일이다. 그러나 상이란 삶의 궤적을 드러낼 푯말일 뿐 중요한 것은 그 안에 새겨질 후대의 평가다.

조선이 건국된 지 꼭 200년 뒤 임진왜란이 터지고 1598년

벽이 문이 되는 순간

이순신은 노량에서 죽는다. 칼잡이 출신의 도적 떼들은 속전속 결의 노략질을 위해 설계된 안택선을 기세 좋게 올라탔으나 거북선의 철침에 찔리고 물살을 이겨내는 판옥선이 펼치는 학익 진에 떼죽음을 당했다. 나라를 구한 이순신은 어떤 상으로도 부족할 만한 승전보를 전했다. 그러나 선조는 그에게 큰 상을 내리기는커녕 원균과 같은 훈공으로 낮추고 오히려 명나라를 천군으로 높여 기렸다. 의주로 도망간 자신의 명분을 찾기 위해서였다. 현충사 안쪽으로 모셔진 이순신의 영정은 서럽고도 피눈물 나는 역사를 직시하라고 묻는 듯했다. 그의 삶이 그럴진대 진위가 무슨 대수랴. "적에게 나의 죽음을 알리지 말라"는 이순신의 유언은 그의 일평생이 압축된 고결한 한마디였다. 그는 지금도 광화문의 한복판에서 두 눈을 부릅뜨고 민족의 앞날을 지키고 있다.

아예 상 받기를 거부한 이들도 있다. 1964년 사르트르는 노벨 문학상의 수상을 거부했다. 상을 통해 짊어질 구속과 서구인에게만 주어지는 노벨상의 편협함 때문이었다. 1965년 존 레논은 대중음악가에게 최초로 주어졌던 대영제국훈장을 거부했다. 그는 엘리자베스 2세에게 "나이지리아, 비아프라 내전에 영국이 개입한 것과 베트남 전쟁에서 영국이 미국을 지지한 것에 항의하며 이 훈장을 돌려드립니다"라고 편지를 보냈다. 그는 국가가

수여한 훈장을 반납함으로써 반전에 대한 자신의 의지를 드러냈다. 1973년 45회 아카데미 남우주연상에서 〈대부〉로 수상하게 된 말런 브랜도는 할리우드와 텔레비전이 인디언을 다루는 방식에 항의하려고 수상식에 리틀페더를 대신 보냈고, 미국 원주민운동[AIM]의 창설을 도왔다. 이들은 모두 상을 버리고 자신의 신념을 지킨 사람들이다.

상복이 터졌다고 흥분하는 당신에게 하나 더 덧붙인다. 뛰어난 가수 뒤엔 안목 있는 프로듀서의 공로가 숨어 있고, 고집 있는 예술가 뒤엔 묵묵한 가족들의 희생이 숨어 있고, 인정받은 사업가 뒤엔 말없는 노동자의 땀방울이 숨어 있다. 그러니 수상 트로피는 당신만의 것이 아니다. 당신의 마음속에 얻은 그것만이 진정한 당신의 소유물이다.

이순신을 만나기 위해 현충사를 찾으실 분들을 위해 소개한다. 현충사 앞 은행나무와 코스모스가 어우러진 곡교천엔 1.5km의 아름다운 산책길이 펼쳐져 있다. 그리고 그 건너편 마을 입구 '시골식당'은 메기를 호박, 감자, 깻잎 그리고 국수와 밥과 수제비를 말아 끓인 어죽을 파는데 든든하고 구수하다. 아마도 당일치기 여행으로는 더없이 좋은 코스다.

벽이 문이 되는 순간

경로를 이탈하지 않는 그대

해가 바뀌면 누구나 새로운 변화를 기대하고 행운을 갈구한다. 떠오르는 태양을 바라보며 새로운 결심을 다지고 기대감으로 가득한 소망도 빈다. 결국 긴 인생을 아름답게 살게 해달라는 저마다 바람이다. 참다운 인생의 모습은 어떤 것일까.

신영복 선생은 2016년 1월 15일 작고하셨다. 나는 선생이 원장으로 계시던 성공회대학교 인문학 교실의 10기 수강생이었다. 선생께서는 오픈 강의만 하셨다. 사상범으로 몰려 20년 20일간 수감 생활을 하셨는데, 감옥이 새로운 깨달음을 준 대학이었다고 말씀하셨다. 도시락을 함께 먹는 저녁 시간엔 늘 따뜻한 말씀을 전해주셨다. 3개월의 공부가 끝나는 마지막 시간, 선생님은 직접 먹을 갈아 붓을 들어 글을 써서 나누어 주시고 말씀을 이어가셨다. "하늘을 만나는 어린 새처럼, 처음으로 땅을 밟는 새싹처럼 우리는 하루가 저무는 추운 겨울 저녁에도 아침처럼, 새봄처럼, 새날을 시작하자고 하시며 초심과 항상심을 강조하셨다. 타인을 돕는다는 것은 우산을 들어주는 것이 아니라 함께 비를 맞는 것이라며 타인과 동반하는 올바른 방법을 일러주셨다. 배운다는 것은 자기를 낮추는 일이고, 가르친다는 것은 희망에 관해 이야기하는 것이라고 말씀하셨다. 사랑한다는 것은 서로 마주 보는 것이 아니라 같은 곳을 함께 바라보는 것이라고 하셨다.

이 가르침은 지금도 큰 울림으로 남아 있다. 살아간다는 것은 끊임없는 시작이다. 누구나 인생의 고비를 맞는다. 그러나 인생은 눈을 감을 때 끝나는 게임이다. 매일매일 새날을 맞는 것이다. 그러니 기회는 다시 온다. 나 또한 휘청거리기 일쑤였고, 그때마다 이 말씀을 위로 삼아 담담하게 다시 시작했다. 한발 더 나가보자. 우리는 타인과 관계 속에서 살아간다. 나이가 들다 보면 뼈저리게 느끼는 이야기인데, 타인이 나의 운명을 가름하는 경우를 무수히 본다. 어느 구름에 비 올지 모른다는 말도 그런 말이다.

타인에게 호감을 얻는 방법은 뭘까? 선생님은 타인을 배려하려면 그의 입장에서 방법을 찾는 것이 먼저라고 하셨다. 따뜻한 눈으로 바라보고 깊게 들어줘서 그의 편이 되어주는 것이 관

벽이 문이 되는 순간

계의 시작이라는 것이다. 그리고 희망이라는 공동의 목표를 향해 나아가야 하는데, 그 모습은 "다 함께, 나란히 걸어가는 길"이어야 한다고 끝을 맺으셨다.

신영복 선생의 말처럼 산다는 것은 수많은 처음과 만나는 일이다. 그러나 해가 바뀌었다고 우리의 일상이 달라지는 것은 아니다. 작심삼일 도돌이표도 자주 반복해서 그리면 습관이 될 것이다. 한 가지 제안한다. 마케팅에서 강점을 강화하는 것이 약점을 보완하는 것보다 효율적이고 효과적이란 이론이 있다. 잘하는 걸 더 잘할 수 있도록 갈고 다듬는 게 여러모로 낫다는 뜻이다. 그러니 새해엔 새로운 소망을 품을 것이 아니라 지켜야 할 미덕을 되새겨보는 것은 어떨까? 획기적 전기를 마련하기보다 굴곡 없이 순탄한 하루를 맞고 보내는 것이 행복한 인생을 찾는 지혜일 것이다. 자기가 걸어온 길을 믿고 그 경로를 이탈하지 않는 사람의 미덕도 돌아보자. 인생은 길고 해가 바뀌어도 우리의 일상은 계속될 것이다.

이중섭과 김영갑을
기리며

    제주에서 짧은 휴가를 보냈다. 수만 그루의 나무 향을 품은 절물휴양림과 곳곳에서 솟아나는 풍혈로 땀을 식혀준 거문오름은 제주의 진면목을 보여주기에 충분했다. 제주에 어찌 풍광만 있을 것인가. 여행의 백미는 사람을 만나는 일이다. 올해는 제주도에 영원히 자리를 잡은 이중섭과 김영갑과 마주했다.

    이중섭은 41세에 병으로 죽었다. 그가 죽은 후 며칠 뒤, 그의 시신을 지인들이 수소문해서 확인하고, 밀린 병원비도 냈다. 제주도에 있는 그의 전시관에는 그가 그의 아내, 두 아이와 1년 동안 서귀포에서 그림을 그려준 대가로 얻어 기거한 1.4평의 방이 전시되어 있다. 어른 둘 사이에 아이 둘이 끼어 넷이 모로 누웠으리라. 아내의 부친이 세상을 떠나자, 그는 일본으로 자식들과 아내를 보냈다. 그는 지독한 가난에 시달렸지만, 처자식에 대한 외로움이 삶의 비루함을 버텨내게 했다. 그의 그림에는 게가 자주 등장한다. 두 아이 태현, 태강과 서귀포 앞바다에서 놀다가 집으로 가져와서 게를 삶아 먹은 것이 미안해서 그것을 그렸다.

이중섭의 전시관엔 같은 그림엽서들이 나란히 걸려 있다. 자식들이 싸울까 염려되어 두 장을 같이 보냈던, 가족만을 향했던 그의 배려다. 영양실조와 간염에 시달린 말년의 그에게 가족은 절망의 대상이었다. 보고 싶어도 볼 수 없었던 가족이었다. 3층의 전망대에 올라 그가 늘 바라보던 섬섬의 앞바다를 바라봤다. 그는 바다 위 수평선을 바라보며 가족과의 재회를 기다렸을 것이다. 그의 아내 마사코는 지금 도쿄에 살고 있다.

두모악의 주인 김영갑은 2005년 5월 눈을 감았다. 손이 떨려 사진기를 놓친 뒤 루게릭(근위축성측색경화증)병에 걸렸다는 사실을 알았다. 그는 제주를 사랑해서 제주로 와서 살았다. 용눈이오름을 유독 좋아했다. 그의 갤러리 안, 그의 방 옆에선 텔레비전을 통해 투병 중이던 그의 인터뷰가 흘러나왔다. 그의 목소리는 목 근육과 혓바닥으로 만드는 소리가 아니고 구강의 골격들을 움직여 입안의 공기들을 밀어내는 소리였다. 용눈이 자료를 정리하다 보니 자료가 많이 부족하다는 점을 이제야 알겠다고 했고, 뒷사람이 이어주길 바란다고 간신히 말했다. 그의 눈빛은 그의 카메라에 채 담지 못한 수천, 수만의 용눈이오름으로 가득해서 아득해 보였다.

그가 남기고 간 용눈이오름에 올랐다. 평화로운 자태에 세상을 포근히 감싸는 듯한 능선이었다. 말들이 길을 막아섰는데, 그도 말들과 마주쳤는지 잠시 생각했다. 그의 말대로 용눈이오름에서 바라본 제주는 평온하고 아득했다. 죽음을 앞둔 그가 본 것도 같았을지 궁금했다. 그때 내 눈에 맞은편으로 오름의 여왕이라는 다랑쉬오름과 아끈다랑쉬오름이 들어왔다. 둘은 따뜻한 일광을 받으며 부모와 자식처럼 나란히 자리 잡았다.

전날 봤던 이중섭의 초상이 떠올랐다. 가족은 이중섭에게 희망이자 절망이었다. 죽음을 통보받은 김영갑에게도 아직 완성하지 못한 용눈이오름은 희망이자 절망이었을 것이다. 이중섭에게 가족과 아내 같은 존재가 김영갑에게는 제주와 용눈이오름이 아니었을까? 꺼지지 않는 예술혼은 희망과 절망이 마주치는 곳에서 태어난다. 가난한 사람은 꿈의 부자다. 절박함이 집중력을 불러 모았고, 불멸의 명작을 탄생시켰다. 제주 서귀포 이중섭 전시관과 김영갑 갤러리엔 가족에 대한 그리움으로 절절했고, 오름의 능선을 미치도록 사랑해서 거기에서 천막을 치고 살았던 두 사내의 전설이 살아 있듯 전해진다.

벽이 문이 되는 순간

가을
삼매경

여름이 안에서 견뎌야 하는 계절이라면, 가을은 나가서 맞아야 하는 계절이다. 아내와 함께 바람도 쐬고 점심도 먹을 겸 길을 나섰다. 팔당대교와 중리산을 지나는 길은 가을로 접어들어 울긋불긋했다. 춘천시 신북읍에 있는 통나무 닭갈빗집은 흐린 날씨에도 손님들로 만원이었다. 2시 반경 89번의 번호표를 받아들었을 때 48번 손님들이 입장했다. 음식점 바로 앞엔 작은 공원을 낀 산책로가 구불구불 펼쳐져 있었고, 조용하고 고즈넉해서 걷기에 좋았다 한 시간쯤 뒤에 마주한 닭갈비와 막국수는 달려온 시간이 아깝지 않을 만큼 맛있고 가격도 적당했다.

주말 새벽 6시 반쯤 시청이나 잠실을 지나시는 분들은 꼬리를 문 버스 행렬을 본다. 경기도의 억새 군락지든 남도의 끝자락 청산도 섬 유람이든 버스를 타고 여행을 떠나는 것이다. 대관령 양떼 목장이든 내장산 단풍이든 대한민국의 가을은 저마다 근사하다. 하지만 버스 여행의 매력은 다른 데 있다. 운전하는 시간마저 사색을 즐기고 풍경을 감상하는 시간으로 끌어들이고 버스 전용 고속도로가 있어 빠른 귀경길을 보장받는다는 것이다. 홀가분한 시간을 넉넉하게 쓸 수 있어 혼자 다니시는 분이 의외로 많다. 관계로 얽매인 디지털 세상을 떠나 차창 밖으로 펼쳐진 가을 풍광을 바라보며 나만의 시간을 온전히 느끼고 싶었을 것이다.

성북구 아리랑시네센터 지하 1층엔 23명의 시민이 김사인 시인의 시론을 듣고 시담을 나누었다. 강연장으로 들어가는 입구에는 약간의 간식까지 준비되었는데 참가비는 무료였다. 시인은 시를 제대로 감상하려면, 고정 관념을 벗어나 겸손한 마음으로 시를 대하고 관념적 상상력이 아닌 눈앞에 매일 마주하는 현실 세계의 실물적 상상력을 동원해서 공감을 시도할 것을 주문했다. 그것은 쇼윈도에 있는 옷을 그저 바라보는 것이 아니라, 직접 입어보고 온몸으로 느껴서 시를 입체적으로 일으켜 세우는 것과 같다고 했다. 남은 두 번의 강의를 듣고 나면 무슨 말씀인지 선명해질 것이다. 다양한 종류의 인문학 강연이 곳곳에서 열린다. 우리의 생각도 단풍처럼 깊게 물들어갈 것이다.

벽이 문이 되는 순간

가을이 우리 앞에 와 있다. 소박하면서도 맛깔스러운 음식과 차창 밖으로 풍요롭게 펼쳐진 풍경과 함께 사색을 나누고 생각을 보태는 교감의 자리로 나가 이 가을을 맞을 수 있다면, 당신은 미각과 시각과 감각을 통해 이 가을을 제대로 맞이하는 것이다. 그것이 어떻게 유유자적의 시간만이 될 것인가. 자연스럽게 세상에 떠도는 수많은 데이터나 정보, 옳은 견해보다 나만의 확실한 주관이 만들어지고 익어가는 과정이 될 것이다. 독서가 책을 통해 작가의 생각을 읽어내 세상사 온갖 경우의 수를 확보하는 일이라면, 밖으로 나가 사람과 사건과 마주치는 일은 그 경우의 수를 눈으로 확인하고 추론하는 관찰의 과정이다. 세상은 책에서 공부한 내용을 적용해보는 실험장인 셈이다. 제대로 하려면 기록하고 리포트로 남겨야 한다. 우리가 부러워할 사람은 머리가 좋은 사람이 아니라 꼼꼼히 기록하는 사람이다. 오늘 당신은 가을의 어디쯤 있습니까?

단골 우동집의
설득력

북한과 살얼음판의 줄다리기를 이어가는 트럼프는 북한과 '아주 친하고 좋은 관계'라고 연일 트윗을 날린다. 우회 전술로 북한을 압박하는 것이다. 재선을 위해 장기전을 염두에 둔 그의 수 싸움은 지금까지는 유효한 듯하다. 그러나 궁극의 목표에 이를지는 미지수다. 그가 펼치는 강온병행의 설득 효과는 어떻게 나타날까?

인생은 설득과 선택의 여정이다. 그런데 이게 만만한 과정이 아니다. 예를 들어보자. 세뱃돈으로 생긴 10,000원을 동생과 나누었다. 엄마가 반으로 나누라는 것이다. 그리고 길을 걷다 1,000원을 주웠다. 비교해보자. 당연히 5,000원이 더 크다. 그런데 어떤 돈이 기분이 더 좋은가? 작지만 주은 돈이다. 나눈 돈은 아깝고 주은 돈은 불로소득이기 때문이다. 사람의 감정은 금

벽이 문이 되는 순간

액이 문제가 아니다. 똑같은 수준의 서류인데 어떤 때는 칭찬받고 어떤 때는 쓰레기통으로 버려진다. 만고풍상의 인생사에 이런 일은 부지기수다. 손가락 빠는 버릇이 있는 아이가 있다. 어떻게 하면 이런 버릇을 고칠 수 있을까? 하지 말라는 엄마의 잦은 잔소리는 버릇을 악화할 뿐이다. 아예 손가락 빠는 시간을 정해주면 점차 습관이 사라진다. 아이가 엄마의 관심이 사라졌다고 생각하기 때문이다. 사람의 마음은 종잡기 어렵다. 비합리적인 선택을 일삼는 감정과 욕망의 덩어리다. 그런 그들을 설득하고 태도와 행동을 변화시키는 일은 광고업에 30년을 종사한 나로서도 어려운 일이다.

물건을 사는 것도, 영화관을 찾는 것도, 강의를 하는 것도 다마찬가지다. 강사는 강의로 청중을 설득한다. 강의가 좋으면 그들은 그 강의를 다른 이에게 추천할 것이다. 정치도 마찬가지다. 정부는 정책을 통해 국민을 설득하고 국민은 선거를 통해 정부를 선택한다. 우리는 살면서 이 설득의 관문을 수시로 만나고 통과해야 한다. 설득의 어려움에 대해 제왕학의 달인 한비자는 "내 지식이 불충분해서도 아니고 내 변설이 서툴러 밝히기 어려워서도 아니며 해야 할 말을 할 수 있는 용기가 없어서도 아니다. 설득의 어려움은 상대방의 심중을 미리 파악해서 내 주장을

거기에 적중하는 데 있다"라고 말했다. 상대의 머릿속을 들여다
보고 그의 흉중을 파악해야 한다는 뜻이다. 그러다 보니 설득술
을 상대의 심리에 대응하는 고도의 심리전으로 보는 측면이 우
세했다. 설득의 대가인 치알디니의 『설득의 심리학』이나 최인철
교수의 『프레임』을 봐도 그런 입장이다. 물론 맞는 말이다. 그러
나 설득이 사람의 마음을 읽는 기술이고 지금 이 시대를 살아가
는 사람들의 마음이 크게 바뀌었다면, 그 설득술도 뭔가 보완해
야 할 필요가 있다.

백의종군 후 삼도수군통제사를 다시 맡은 이순신은 적의 선
단으로 빽빽한 명량으로 떠나며 자신을 질시하고 핍박한 선조
에게 "신에게는 아직도 12척이 남아 있고 신이 아직 살아 있으
니 적들은 우리를 업신여기지 못할 것입니다"라는 장계를 올린
다. 그리고 중과부적의 전력에도 불구하고 적을 대파한다. 그는
또 마지막 전투가 벌어진 노량에서 "싸움이 남았으니 나의 죽음
을 알리지 말라"라는 유언을 남긴다. 전투에 임할 부하들의 사
기 때문이었다. 사실 여부를 떠나 국가의 운명을 끝까지 책임지
는 그의 진정성은 무리의 앞에 서서 어려움을 헤쳐가는 자의 설
득적 표상으로 귀중하다. 최근에 벌어지는 지도층의 잦은 표리
부동과 책임회피의 태도에 실망했기 때문일까.

내가 찾는 우동집은 맛도 좋고 값도 싸다. 그러나 단골이 된 이유는 또 하나 있다. 음식을 대하는 주인의 진지한 태도다. 우동을 건져 그릇에 담고 고명을 얹을 때 그는 늘 정성스럽다. 한 그릇의 우동에 그의 마음을 담아낸다. 그 마음으로 손님을 맞고 보내고 다시 맞는다. 그는 식구를 먹이는 엄마의 음식으로 손님을 설득하고 있다. 그 집으로 발길을 향할 때 나는 훈훈한 하루의 마감을 예감한다.

디지털 융합기술이 파생시킨 이종결합의 콘텐츠와 플랫폼이 새로운 비즈니스의 가능성을 무한대로 열고 있다. 스마트폰만 있으면 누구나 세상의 주인공이 되고 같은 생각을 가진 사람들과의 연대와 결속이 언제든지 가능한 시대다. 그러나 그 이면에 허위와 소외로 물든 인간성 몰락의 불안감이 있다. SNS만 하더라도 진위를 가리기 힘든 정보와 이기적이고 소모적인 주장들로 극단적 편가르기의 도구로 전락했다는 우려도 있다. 사람들이 현재의 소소한 행복에 만족하고, 일과 인생의 균형을 추구하는 것도 그 때문이다.

'작고 소박한 결속'을 원하는 사람들이 대세다. 산속을 찾는 사람의 발길을 따라가는 프로그램이 높은 시청률을 유지하고, 한때 유행한 제품과 광고가 다시 등장하는 것도 이런 심리를 반영한 결과다. 자존감의 상실에 빠진 이들에게 위안을 주고 관계성의 회복을 주장하는 책들이 서점 상단에 자리를 차지한다.

이제 설득은 내 의도를 관철하는 기상천외한 심리전이 아니다. 설득은 협력자가 되는 일이다. 의도된 설득은 금물이다. 그의 성공이 나의 성공이라고 생각해라. 첫째, 진심으로 그를 돕겠다는 마음으로 시작해라. 둘째, 그의 입장을 충분히 고려한 내용으로 구성해라. 셋째, 그가 편안한 상태에서 연출하라.

한일 간의 외교문제에 대입해보자. 상대의 약점을 공격해서 반사이익을 챙기겠다는 약삭빠른 머리싸움을 시작한 자는 누구인가? 손바닥으로 하늘을 가릴 수 있는 세상이 아니다. 미봉책의 심리전은 그만두자. 정당한 논리와 정정당당한 태도를 바탕으로 대교약졸大巧若拙의 정공법을 펼쳐야 한다. 그것이 공존과 발전을 위한 이 시대의 설득법이기 때문이다. 전화위복의 계기로 삼자는 성숙한 국민 여론에 박수를 보낸다.

4장

지금
당신 앞의
사람

Not Bad의 하루를 위하여

　　선배 교수님과 광화문에서 술잔을 나누었다. 내 칼럼이 따뜻해서 보고 싶다고 했다. 그 말을 전해준 예전 동료 교수와 셋의 자리였다. 대선배라 조심스러웠지만, 유쾌하게 자리를 이끌었다. 선배님의 목소리는 젊은이들 못지않게 기운이 넘쳤는데 들려준 이야기도 그랬다. 우리 두 사람이 "저희도 젊은 거 맞죠?"라고 물으니 오히려 "어린 거지"라고 너털웃음을 터트렸다. 백합 안주를 추가했고 소주로 얼큰해질 때쯤 골프 이야기를 꺼낸다. "내 인생이 그랬네. 뭐가 좀 잘되면 다음에는 뭐가 안 되더라고. 골프가 딱 그렇지. 누구나 공 앞에 서면 4번의 천당과 4번의 지옥을 마주하지. 냉탕과 열탕을 오가는 거지. 그래서 너무 좋아도, 너무 나빠도 문제라네. 그래서 'Not Bad'가 좋은 거라네. 아시겠는가?" 이어진 2번의 차수 변경으로 가물가물해진 내 기억

속에 오르막과 내리막이 반복됐던 지난날이 스쳤다.

경쟁 회사를 물리치고 일을 따내야 하는 직업의 특성상 싸움닭을 닮아갔다. 많이 이기고 많이 졌는데, 그때마다 회사 게시판에 이름 올라가는 재미로, 술 마시는 재미로 살았다. 보통의 성과를 보이며 꾸준히 자리를 지키는 동료들을 무시하기도 했다. 선배들의 충고는 들리지 않았고, 동료들의 모습은 보이지 않았고, 후배들은 관심 밖이었다. 아내와 친구의 마음에 멍울이 생기기 시작했다. 천당과 지옥을 오가는 롤러코스터의 시간이 이어졌다. 대한민국 광고대상을 받고 얼마 안 되어 부모님 모두 세상을 뜨셨다. 큰 회사에 스카우트되어 많은 연봉을 받고 비서를 부리는 자리를 거쳤지만, 조직의 변화는 나의 성과를 어이없이 가로막았다. 직장과 병행하며 얻은 박사 학위는 잠시 성취감을 맛본 것이 전부이고, 대학은 현장 전문가에게 설 자리를 쉽게 내주지 않았다. 우연과 필연이 교차하며 단맛과 쓴맛을 안겨주었다. 어떤 깨달음이 없었다면, 어지럼증에 토악질이 일어났으리라. Not Bad! 괜찮아. 그만하면 잘한 거야. 그날 노교수의 한마디는 커다란 위로로 남았다.

오늘 우리는 또다시 평범하고 덤덤한 일상을 맞는다. 봄을 맞고 꽃을 보고 친구와 술잔을 나누고 집으로 돌아가 뒤늦은 저

벽이 문이 되는 순간

녁을 먹는다. 그러나 쓰디쓴 불행을 맛본 자는 평범한 일상이 진정 행복한 순간이라는 사실을 잘 안다. 스피노자가 말하길 인생사 기쁨 아니면 슬픔이라고 했다. 행운과 불행이 폭풍우 같은 격랑의 순간을 던져줄 것이다. 환희 뒤에 밀려오는 허탈감을 생각해보라. 기쁨과 슬픔은 서로 친한 친구처럼 겹치고 맞물려서 찾아오고 떠나간다. 그러니 그 두 길 사이에 한가롭게 펼쳐진 온유한 일상이 진짜 행복이다.

누군가 말했다. "산은 정지해 있되 능선은 흐르고, 강은 흐르되 바닥은 정지해 있다. 그대가 두 가지를 다 보았다고 하더라도 아직 산과 강의 진정한 모습을 보았다고는 말하지 말라." 그러니 당신의 인생을 속단하지 말라. 인생은 흘러가는 것이 아니라 무언가로 채워가는 일이다. 마음속에 켜켜이 쌓인 그것만이 당신의 소유물이다. 인생의 승자는 이를 악물고 세상을 이겨내는 사람이 아니다. 세상과 관계없이 어떤 경우라도 행복한 사람이다. 소리 없이 내리는 눈처럼 Not Bad의 일상을 살아가는 사람이다.

수제 맥주
열풍의 속뜻

친구이자 파워블로거 '머시블루'와 함께 강릉에 다녀왔다. 강릉은 송이버섯과 커피와 맥주를 맛보기 위한 인파들로 분주했다. 버드나무브루어리라는 수제 맥줏집은 특히 인상적이었다. 사천 쌀을 베이스로 귤 향이 가미된 미노리 세션, 바나나의 향미에 국화 향과 산초 향의 느낌을 가미한 즈므 블랑, 솔 향이 은은하게 감도는 파인시티 3종, 몰트 향이 강해 다소 무거운 느낌의 엠버 에일 등. 전날의 숙취가 남아 있었음에도 각각의 차이를 확연히 구분할 수 있었다. 주문받은 매니저는 우연히 같은 대학교의 대학원생이었고, 창업 멤버의 일원이라고 했다. 그녀가 부탁한 석사 논문의 설문지도 자신이 파는 수제 맥주의 만족도에 대한 것이었다.

젊은 세대의 먹고 마시는 문화가 하루가 다르게 변하고 있

벽이 문이 되는 순간

다. 커피도 인스턴트에서 싱글오리진, 콜드블루, 핸드드립식으로 전문화되고 있고 와인도 레드와인 일변도에서 화이트와인, 스파클링 와인, 디저트 와인으로 세분화되었다. 공장에서 획일적으로 찍어내는 듯한 커피와 맥주에 식상해졌기 때문이다. 이런 트렌드가 반영되어 미국에서 수입한 크래프트 브루어리와 개성파 커피 브랜드가 신세대의 개성적인 입맛과 취향을 사로잡는 것이다. 그곳에서 그들은 맥주를 마시면서도 SNS에 글과 사진을 올리며 문화를 공유한다. 그들은 맥주를 마실 뿐만 아니라 취향도 즐겼다.

시대의 취향을 업으로 삼았던 광고회사 크리에이터 출신인 배윤목 사장은 은평구 한옥마을에 1인 1상이란 술집을 열었다. 단정하면서도 고급스러운 한옥에서 맥주를 파는데, 1인 1상으로 테이블이 차려진다. 양병용 작가의 소반과 김상인 작가의 식기에 이탈리아 쉐프가 한국의 정서에 맞는 레시피로 안주를 담았다. 개인의 취향을 담은 1인 1상, 그 한 상의 배경 또한 단정한 한옥이었다. 그는 맥주에 전통의 정서적 가치를 더해 '감수성을 자극하는 맥주'를 선사하겠다고 했다. 먹고 마시는 문화가 섬세해지는 것은 반가운 일이다. 물론 잠시 스친 의문은 있다. 취향이란 개인의 특성을 드러내는 내면의 기호다. 수제 맥줏집 앞에 줄 서서 기다리는 사람들의 취향은 도대체 언제부터 시작된 것일까? 자신의 취향과는 상관없이 누군가의 상업적 의도에 이끌려 나도 모르게 새로운 입맛과 취향에 길드는 것은 아닐까? 유행의 대열에서 낙오되지 않으려는 세속적 심리가 깔린 것은 아닐까? 그러나 이는 기우일 것이다. 자본주의의 문화는 그렇게 발전하는 것이고, 그 속에서 무엇을 취할 것인가 역시 개인의 선택 문제이기 때문이다.

1인 1취향의 시대, 버드나무브루어리와 1인 1상의 건투를 빈다. 올레길이 걷는 것의 미덕을 통해 사색의 풍경을 우리에게 선사했듯이, 그들의 새로운 시도는 우리에게 근사한 이야기로 가득 찬 만남과 대화의 풍경을 선사해 줄 테니까.

벽이 문이 되는 순간

친구를 웃게 한 자

하동은 먼지가 없고 따스해서 걷기에 좋았다. 한반도 중앙을 가로지르는 19번 국도의 섬진강 변엔 봄기운이 감돌았다. 섬진 강은 말라 바닥을 드러냈다. 강변 바닥의 사금이 섞인 강모래는 지금도 귀하다고 했다. 제방이 없던 그 옛날에는 바닷물이 여기 까지 들어왔고, 지금도 섬진강물은 광양 앞바다까지 나아간다. 송림공원에서 구례를 향해 3시간을 걸은 뒤 호암마을 삼거리에 서 멈추었다.

송영복 형이 차를 몰고 마중을 나왔다. 형의 고향은 이곳, 악 양 입석마을이다. 부산에 살다가 오래전 돌아와서 형제봉 주막 을 차렸다. 주막은 2평 남짓의 부엌과 작은 방, 그리고 6평 남짓 의 홀이 있고 홀에는 4개의 테이블이 있다. 혼자 손님을 맞고 혼 자 안주를 만든다. 밤이 깊고 손님이 마음에 들면, 기타를 연주하며 노래도 부르는데 화개장터에서 버스킹을 하는 수준이다. 한때 회를 치던 손으로 기타를 들고 〈디어 헌터〉나 〈알함브라 궁전의 추억〉을 섬세하게 한 줄 한 줄 짚어가다 깊은 산중의 낙수소리 같은 음성으로 노래를 들려주면 얼큰한 청중의 박수가 어김없이 터져 나왔다. 이날도 출입문 입구 나무 의자 위로 호박빛 등불이 걸리고 사람들이 몰려들었다. 아이들과 함께 온 가족, 같은 직장에서 썸을 타는 커플, 감성돔을 싸 들고 온 후배들로 좁은 주막은 말소리와 노랫소리가 뒤섞여 왁자지껄했다. 돼지고기와 두부를 인정 넘치도록 썰어 넣은 김치찌개를 먹지 못했다는 점이 유감이다. 하필 오일장이 서는 날이었다. 형은 싱싱한 미나리와 배를 큼직하게 썰어 넣은 간재미무침과 슴슴하게 간이 된 아귀탕을 내놓았다. 잠자리는 주막에서 10분 정도 떨어진 고택 '풀꽃이야기'였다. 그곳의 여주인은 악양의 오드리 헵번으로 통하는데, 컬러링으로 퀸의 노래를 장착했다.

형과 인연은 6년 전으로 거슬러 올라간다. 나는 갑작스러운 실직에 마음이 까마득해졌고, 어디로든 떠나야 했다. 공지영 작가의 『지리산 행복학교』라는 책 속에 형제봉 주막이 있었다. 서럽고도 안타까운 인생의 여러 사연을 간직한 낙향거사들의 사랑방이었다. 불현듯 찾아오는 것이 인연이다. 운전을 그토록 싫

벽이 문이 되는 순간

어하는 내가 바로 일어나 그길로 달려 이곳으로 들어섰다. 말총머리를 묶은 형은 어둠이 드리워진 주막의 부엌 모퉁이에서 신문을 읽고 있었다. 손님은 없었다. 막걸리 몇 통을 마셨고 김치찌개에 허기를 채웠다. 몇 마디 대화가 오갔을 것이다. 천장에는 상처를 이겨내고 다시 출발하려는 사람들의 절실함이 부적처럼 매달려 있었다. '친구를 위로한 자는 천국에 갈 자격이 있다'라는 글귀가 눈에 들어왔다. 그때 내 심정이 딱 그랬다. 나의 친구는 누구였을까. 술도가를 하는 형의 친구가 다녀갔고, 산행을 다녀온 분들과 몇 마디 주고받았다. 취기가 몰려왔다. 나는 누구의 친구이기나 했을까. 눈이 흐려왔고 고개가 내려앉았다. 일어서야 했다. 형이 카드는 안 된다고 했다. 그때 나는 아마 세상의 불운을 모두 겪은 자의 표정이었을 것이다. 형은 차갑게 얼린 감을 내주며 나중에 보내달라고 했다. 상처는 타인에게로 가는 통로다.

이제 고향을 찾듯이 그곳에 간다. 수려한 쌍계사와 장엄한 화엄사도 좋고 떠들썩한 화개장터도 좋다. 아른거리고 어른대며 수면 위로 부서지는 금빛 낙조와 굽이굽이 펼쳐진 갈대숲의 하동 백리길은 두고두고 잊지 못하리라. 재즈풍으로 편곡된 김하은의 〈섬집아기〉가 함께한다면, 그 풍광을 어찌 감당할 것인가.

먹을거리도 재첩국이나 참게탕만 찾을 일이 아니다. 화개장터 버스정류장 중국집을 소개해본다. 40년 전 운동회 때 먹던 자장면 맛 그대로다. 세상에 이런 맛이 남아 있다니. 나는 주방을 들여다보고 그 이유를 알았다. 바로 돼지기름 쇼트닝통이 주방장의 발밑에 있었다. 뭐 어떠랴. 마가린이나 버터나. 풍광과 먹을거리는 남도 여행의 백미다. 그러나 눈치채셨을 것이다. 내가 찾는 이유는 인연 때문이라는 것을.

우연한 인연은 세월과 만나 따뜻한 관계가 된다. 작년 가을 서울로 형이 왔다. 새롭게 뜬 한강진 양고기 집으로 갔는데 비위가 상했는지 잘 드시지 않으셨다. 속 편한 해장국 한 그릇을 나누고 잘 아는 통기타 집으로 가니 그제야 너털웃음을 지으며 지리산 자락의 목소리를 들려주었다. 헤어지기 직전 얼마간 용돈을 접어 급하게 호주머니에 넣어드렸다. 네온사인 휘황찬란한 여의도의 늦은 밤거리는 쓸쓸했고, 나는 그에게 작은 위로가 되고 싶었다. 아마도 나와 형은 천국에서도 다시 만날 것이다.

　　　　　　　　　　　벽이 문이 되는 순간

노년의 청춘 엔진
작동법

입이 크고 괄괄한 육성을 지녀 아가리란 별명을 달고 지냈던 직장 선배 이래성은 늘 낙천적이고 저돌적이다. 느닷없는 평지풍파로 말년에 고전을 면치 못하면서도 항상 하고 싶은 일, 재미있는 일을 하고 살라고 말한다. 그는 사람을 만나고 자전거로 여행하는 것을 좋아하는데, 지방 여행에서 돌아오자마자 서울의 저녁 모임에 굳이 나왔다. 호탕한 웃음을 날리다 빨간 두건과 유니폼을 입고 사이클의 페달을 힘껏 밟으며 다시 어디론가 떠났다. 솔직히 말하면 그분의 낙천적인 삶의 태도는 고단한 삶에 대한 합리화의 방편이거나 후배들 앞에서 포기하고 싶지 않은 일말의 자존심쯤으로 생각했다. 가을 무렵 그분은 여행사 컨설턴트로 취직했다. 40일간 혼자 서유럽 여행을 다녀왔고, 다시 40일간 동유럽 여행을 떠난다는 기별이 왔다. '사정이 그리

녹록지 않을 텐데' 하는 걱정으로 만났다.

기우였다. 동유럽의 새로운 여행 루트를 찾아 떠난다는 것이다. 좀 더 들어보니 서유럽 여행 때 인터넷 포털에 올린 그의 블로그 글을 읽은 한 여행사 사장이 그를 스카우트했다고 한다. 내가 비현실적이라고 판단했던 그의 열정이 오히려 새로운 인생의 기회를 가져다준 것이 확실했다. 내가 요즘 피곤했고, 내일 일찍 나가봐야 해서 먼저 들어가겠다고 하자, 17년 선배인 그는 "그래, 자네 피곤해 보였네. 얼른 들어가서 푹 쉬게나….'라고 한다.

'사랑은 먼 옛날의 불꽃만은 아니다'라는 어느 양주 광고의 글귀처럼 노년을 준비하는 마음의 자세는 청춘이어야 한다. 통닭집의 수익성도 잘 따져봐야겠지만, 로시난테를 타고 풍차 속으로 돌격하는 돈키호테도 한 번쯤 새겨봐야 한다.

학교 계단에서 이런 낙서를 발견했다. "산산조각이 나면 산산조각으로 살면 되지!' 낙서의 주인공은 뜨거운 심장을 지닌 청춘임이 틀림없어 보인다. 젊고 늙음은 나이의 문제가 아니다. 두려움은 한가한 사람들의 넋두리라고 말할 수만 있다면, 나이에 상관없이 그는 젊은 것이다. '마음의 허전함을 달래려고 힘껏 산다. 때의 한 점 한 점을 핏방울처럼 진하게 산다. 수없이 고꾸

라져 정강이가 벗겨지더라도 말쑥한 정강이를 가지고 늙는 것보다 낫다."『광장』에서 최인훈 선생이 밝히신 글이다.

나도 세상의 이치를 통달한다는 이순耳順을 향한다. 크다는 광고 대행사 네다섯 곳을 다녔고 작은 회사 2개의 공동 창업주였다. 석사를 거쳐 박사를 마쳤고, 2권의 책을 냈으며, 2개의 매체에 칼럼을 쓴다. 대학의 강단을 잊지 않고 나가고 있고 외부강의도 하며, 몇몇 공공기관의 마케팅과 광고 자문을 한다. 서울의 정책홍보 광고 내일연구소 캠페인을 기획하고 만들기도 했다. 교수, 칼럼니스트, 저자, 강사, 광고회사 대표, 정책자문위원 등의 멀티플레이어 역할을 한다. 육체노동의 상한선을 65세로 상향한다는 대법원 판결을 들먹이지 않더라도 몸과 마음이 멀쩡하니 앞으로도 몸으로 부딪치며 살 것이다. 다른 사람이 폭풍우를 헤치며 돌아온 이야기보다는 내가 직접 시냇물을 건너간 경험이 더욱더 값지다. 후회 따위는 개한테나 던져줄 것이다. 후회가 꿈을 대신하는 순간부터 늙기 시작하기 때문이다. 최인훈 선생의 말처럼 말쑥한 정강이를 가지고 사느니 엎어지고 깨지는 한이 있더라도 걷고 또 걸어갈 것이다. 그렇게 걷고 걸어가다 문득 뒤돌아보면 어떤 길이 나 있을 것이다.

하나 더 덧붙이자. 마케팅이나 광고를 담당하는 사람들만 트렌드에 민감해야 하는 것은 아니다. 중늙은이가 되어가는 나만 해도 그렇다. 에드워드 사이드는 『말년의 양식에 관하여』에서 노년의 태도에 대해 '정서적으로는 민첩함, 금욕적인 평온함과 향기로운 원숙함'을 주문했다. 그래야 노인의 주름이 인생의 훈장으로 빛날 수 있다. 물론 주름을 펴서 아름다움을 간직하는 것도 현실적으로 필요한 일이다. 정신적 성숙미를 발휘할 본체를 단단하게 유지해야 한다. 맛있는 음식도 그럴듯한 그릇에 담아내는 순간 완성되는 법이다. 링클 케어 화장품도 사야 한다는 뜻이다. 몸으로도 민첩하게 노화를 준비하라. 마케팅이든 개인의 삶이든 시대를 관통하는 바람의 방향, 시대의 시선을 잊지 말라는 뜻이다.

판소리 명창의 청계천 공연을 고대하며

　　한국문화의 집에서 명창 김정민 선생의 판소리 공연이 열렸다. 3시간짜리 완창이었다. 전날의 숙취가 가시지 않아 망설였는데, 어디쯤 오시냐는 초대자의 전화가 왔다. 할 수 없었다. 공연장은 아늑했는데 2층의 일부를 빼곤 만원이었다. 후배는 좋은 자리로 바꾸었다며 나와 아내를 KBS의 카메라가 응시하는 1층 앞쪽 중앙 자리로 안내했다. 게다가 객석의 조명은 내내 환하게 켜져 있었다. 1부 공연 동안 나는 꾸벅거리고 두리번거렸는데, 대학원에서 전통문화 콘텐츠를 전공하며 뒤늦게 향학열을 불태우는 아내는 달랐다. 놀부에게 얻어터진 흥부가 형의 비정함을 아내에게 숨기며 말하는 장면에서 아내는 눈물마저 찍어 내렸다. 명창 김정민은 입이 말라 가끔 혀를 다셨을 뿐, 3시간 내내 고른 호흡으로 토씨 하나 틀리지 않았다. 공연은 재미있었

　　　　　　　　　　　　　　　　벽이 문이 되는 순간

다. 그녀는 가수이며 연기자이며 연출가였다. 그녀는 음정과 표정과 어조를 바꾸어가며 극 중에 등장하는 14명의 캐릭터를 개성적으로 연출했다. "시리렁 시리렁~" 하며 박을 타는 장면에선 치맛자락과 옷고름까지 여미고 풀어헤치며 신명을 드러냈다. 장단을 맞추는 고수와 주고받는 추임새도 적당한 순발력을 가미해 맛깔났다. 2부에서는 2번이나 객석으로 내려와 오른손으로 바짝 추켜든 부채를 허공을 가르는 소리와 함께 접었다 펴고, 폈다 접으며 관객들의 호응을 유도했는데 요즘 젊은 래퍼들과 다르지 않았다. 그녀는 소리만이 주인공인 과거의 판소리에 온몸으로 연기를 입히고, 무대 공간을 넘나들며 관객까지 빨아들이는 종합 연출가였다.

다음 날 오전, 시청 앞 광장은 따뜻했고 먼지가 없었다. 산보를 좋아하는 두 친구와 청계천을 걸었다. 광화문에서 시작해서 동묘시장 근처의 칼국숫집에서 해산하는 일정이었다. 홍수를 막기 위한 측우가 이루어졌던 수표교를 지나 팔뚝만한 잉어를 바라보며 버스킹을 듣던 관수교를 거쳐 광장시장 손님들이 몰려나오는 배오개다리와 만났다. 평화시장 옆 영도교를 지나면 황학동시장이 시작된다. 50대도 청년이라는 이 시장은 동묘시장으로 연결되는데, 좁은 길목은 좌판행상들과 노인네들로 붐볐다. 한겨울의 봄날이었다. 우리는 좀 더 걷기로 했다. 왕십리 바우담교를 지나 두들다리를 건너니 청계천 복원사업 때 남겨놓은 다리가 보였다. 헐린 3·1고가도로의 유물이다. 청계고가는 산업화의 바람을 타고 1967년 착공되어 1971년 완공된다. 그때 청계천 변에는 긴 나무골조에 의지해 도로변에 세워진 판잣집들이 서로 의지해 다닥다닥 맞붙어 있었다. 그들은 이곳에서 빨래와 대소변을 해결했고 물장구치며 놀았다. 판자촌은 홍수만 나면 다 함께 휩쓸려갔다. 새마을운동의 바람이 불자 그들은 성남과 신림동으로 이주되었다. 그 상세한 기록이 판자촌이 있던 그곳에 체험관과 박물관으로 남아 있다. 전시관에는 많은 자료가 빽빽하게 들어차 있었다. 2층에 마련된 휴게실은 호텔의 서가마냥 잘 정리되어 있었다. 전시관 한편에 수표교의 수표석이 제자리를 찾지 못하고 덩그마니 놓여 있었다. 서울시와 문화재청의 입장이 다르기 때문이라고 했다. 주도하는 사람의 의도에 따라 그 자리가 결정될 것이다.

문득 어제의 그 판소리가 청계천의 역사와 닮았다고 생각했다. 김정민 명창의 판소리는 오늘을 사는 사람들을 위한 전통이었다는 뜻이다. 역사는 후대의 주관적 해석이다. 모두 그 시대의 현대사인 것이다. 전통도 마찬가지다. 시대의 흐름에 따라 선별

벽이 문이 되는 순간

되고 해석되고 편집되어 오늘에 이른다. 유튜브에서 확인해보라. 한국민속촌에서 줄 서서 보는 곳은 남사당패의 사물놀이 터가 아니다. 커플이나 외국인을 상대로 '개콘'을 흉내내는 점집이다. 전통일수록 시대와 호흡이 중요하다. 전통은 '오래된 것'이 아니라 '살아남은 것'이기 때문이다. 그녀의 판소리가 목소리와 북 장단에 몸의 표현과 관객과의 교감까지 더해서 입체적인 전통 뮤지컬로 거듭난다. 마치 청계천이 가난한 빈민의 터전이 되었다가 경제를 일구는 고가도로에 자리를 내주고, 지금은 피곤함에 지친 도시인의 휴식과 관광을 위한 산책로로 다시 태어난 것과 같다. 융합의 시대라는데 청계천 어디쯤서 김정민 명창의 판소리 한가락 듣는 날을 기대한다면 과한 것일까? 만리장성에서는 패션쇼도 열린다는데.

시민들의 내일을
내일같이

　서울시의 정책홍보 캠페인을 기획하고 제작한 이는 해브컴의 신용주 대표다. 이 캠페인은 '내일연구소'라는 콘셉트로 '시민의 내일^{Tomorrow}을 내 일$^{My\ Work}$같이'라는 문구와 함께 서울시의 정책들을 소개한다. 이 캠페인이 호평받는 이유는 공공기관의 광고임에도 트렌디한 모델을 캐스팅하고(장윤주) 애니메이션 기법을 활용하며 시대적 감수성을 담아냈기 때문이다. 그는 정당의 홍보자문위원도 겸하는데, 그가 만든 추석 인사 리플릿도 특이했다. 리플릿 뒷면에 가족이 함께 놀 수 있는 주사위 놀이판을 만들어 차 타고 고향 가는 가족들의 지루함을 덜어주었다. 정당에 있는 분들이라 설마 했는데, 의외로 선뜻 제안을 반겨줬다고 했다. 그는 요즘엔 오히려 광고주가 더 생각이 깨어 있어서 일하기가 힘들다고 했다. 세상이 변해가니 사람들이 따라갈 수밖에

　　　　　　　　　　　　　벽이 문이 되는 순간

없으며 그 속도가 점점 빨라질 것이라고 덧붙였다. 그는 스마트 폰 안에서 모든 것이 순식간에 확인되는 디지털 시대에 광고라는 업의 전문성을 고민하는 듯했다.

학생들 취직 걱정으로 시간을 보내다 현장으로 돌아온 내 입장도 마찬가지다. 대학은 이미 그 옛날의 상아탑이 아니었다. 학생들에게 4년간의 세월은 평생 내 입으로 들어가는 음식과 입을 옷이 결정되는 준비의 기간이었다. 나는 그들의 입장을 이해했다. 디지털과 4차 산업혁명으로 급변하는 생존 환경 속에서 대학이야말로 고답적인 이론의 틀에서 벗어나 실용적인 관점이 필요하다고 생각했다. 산업 현장의 구체성 전수자 자격으로 교수직을 부여받은 나로서는 환영할 만한 일이었다. 한술 더 떠 책을 덮고 현장으로 가야 한다고, 그래서 당신만의 관점을 발견하라고 강의했다. '오늘의 사건' 속에서 '오늘의 아이디어'를 찾아내야 한다고 역설했다.

이런 내 관점이 편향적이라는 점을 깨달은 건 교수직을 그만둔 다음이다. 어느 선배 교수가 커피 한잔을 놓고 지나치듯 말했다. "학교와 교수, 학생이 모두 돈벌이로 나서고 있어. 바로 앞만 바라보는 거지. 인생에 대한 고민이 없다면 돈이 무슨 소용인가, 자칫 우린 지금보다 더 나빠질 수도 있다네. 더 빨리, 더 많

이.” 나는 부끄러웠다. 많은 학생을 내 인연이 닿는 대형 광고사에 인턴으로 밀어넣었다. 되새겨보면 그들은 바다를 안전하게 건너가는 데 필요한 노가 손에 들려 있지 않았다. 어떤 인생을 살지, 거기에 필요한 것이 무엇인지에 대해 좀 더 이야기했어야 했다. 그리고 무엇보다 인생에 대한 올바른 방향성과 삶에 대한 좋은 태도가 먼저라고 말했어야 했다. 디지털이든 4차 산업혁명이든 그것은 인간이 지닌 고유한 미덕들, 즉 사색과 묵상, 연대와 결속, 봉사와 헌신의 수단이 되어야 의미 있다는 점에 합의했어야 했다.

자고 일어나면 변하는 세상에도 변치 말아야 하는 것이 있다. 우리는 그런 것을 기본 또는 본질이라고 한다. 가속도로 변해가는 세상일수록 변하지 않는 당신만의 DNA가 남다른 가치가 될 수도 있다. “디지털이 가속화할수록 아날로그적인 것이 돈이 될 수도 있다는 것. 그래야 일과 인생을 하나가 될 수도 있고. 그러니 당신의 인간다움에 대한 고민을 깊게 해 볼 것.” 뒤늦었지만 내가 충정로에 있는 경기대학교 미디어영상학과 학생들에게 다시 전한 말이다.

제주에서 만난
사람들

막막하고 먹먹한 가슴을 달래는 데 제주의 겨울바다만한 특효약은 없다. 설 연휴 표선 근처로 숙소를 정해놓고 월정과 구좌와 성산을 거쳐 서귀포와 모슬포의 해안도로를 내달렸다. 한라산 정상은 눈으로 덮였지만, 아쉽게도 바다에 내리는 눈은 볼 수 없었다. 제주에 봄기운이 오고 있었다. 성산 일출봉은 푸른 빛으로 부풀어 올랐고 구좌의 오름길은 녹아서 질척댔다. 도착하자마자 달려간 곳은 대정의 추사관이었다. 김정희의 '판전板殿'은 그가 죽기 3일 전에 남긴 글이라 정신이나 관념이 배제된 느낌이었다. 김정희의 서체는 그가 살아 있는 동안 몇 번이나 바뀌었다. 몇 번의 사화로 귀양 기간이 길었던 탓도 있지만, 그의 서체 자체는 숙련만 이해될 뿐 감동은 없었다. 나의 식견으로는 그의 글을 감정할 수준이 아니고, 두모악의 김영갑이나 서귀포의 이중섭처럼 그의 개인적 시련이 서체로 승화된 흔적을 찾기 어려 웠기 때문이다.

'백조일손지묘'는 대정읍 상모리 사계공동묘지 뒤편에 펼쳐 져 있다. 한국전쟁 당시 선량한 양민이었으나 미군정과 극우 청 년단체에 잔인하게 학살되어 누구의 뼈인지 몰라 한꺼번에 묻 고 한 자손이 되었다는 내력을 가진 곳이다. 위령비 옆에는 이를 숨기려 5·16 쿠데타 세력에 의해 훼손당한 비도 함께 전시되어 있었다. 진저리나는 역사의 현장은 제주 곳곳에 널려 있다. 세화 리에 있는 다랑쉬굴은 용암동굴인데, 1992년에 11구의 시체가 한꺼번에 발견되었다. 그들은 1948년 4·3사건 당시 해안가에 서 들려오는 총소리에 중산간으로 달아나다 이곳으로 숨어들었 는데, 이웃의 고자질로 발각되어 연기에 질식돼 몰살당한다. 입 구는 단단한 돌덩어리로 밀봉되어 있고 표지판도 깨져 있었다. 이렇게 제주의 겨울 여행은 절간의 묵언수행처럼 풍광과 함께 느긋하게 보내다 오는 것이 백미다.

그런데 구좌 5일장에서 돌연 삼천포를 타버렸다. 설렁설렁 시장통을 돌아다니다 전 직장 동료 남승진과 마주쳤기 때문이 다. 그는 대구가 고향인데 설이나 추석 연휴 때 고향 가는 길에 제주에 자주 들린다고 했다. 국수 한 그릇을 놓고 이야기를 나누다 보니, 그는 이미 제주의 지역 전문가쯤 되는 이력과 인맥이 있었다. 그의 권유로 제주의 명소가 된 풍림다방으로 갔다. 풍림은 원래 세화리의 바닷가에 있었는데, 자릿값이 올라 인적이 드문 중산간 지역인 송당으로 왔다고 한다. 작고 아담했는데 이름만 들어도 알 만한 서울의 유명 치킨집도 옆으로 옮겨와 한적한 마을에 사람들을 끌어들였다. 번호표를 받고 40분을 기다려 안쪽에 자리 잡았는데, 커피 맛이 맑고 부드러웠다. 그는 〈건축학개론〉이란 영화의 촬영지로 유명해진 어느 카페와 비교하며 아무리 스토리텔링의 시대라지만, 커피든 뭐든 먹는장사는 역시 맛이 먼저라고, 그래야 오래간다고 특유의 조곤조곤한 목소리로 말했다. 헤어질 때 그는 일산에 있는 유명한 수제빵집의 노하우를 전수해 인생의 이모작을 여기에서 펼칠 것이라고 했다. 사람들의 관심사란 알고 보면 저마다 이유가 있다.

나는 불현듯 근처에 있는 게스트하우스 '살롱드탱자'의 주인장 지준호가 궁금해졌다. 그는 몇 해 전 좋은 직장을 그만두고 이곳에 정착했다. 듣기로 최근 산티아고 순례길을 다녀왔다고 해서 그 후일담이 궁금하기도 했다. "목적지에 도착하면 모두 운다면서? 정말 눈물이 나든가? 손님은 여전하고?" 나는 짐짓 만나는 것은 다음으로 하고 싶다는 느낌을 받을 수 있도록 밝고 높은 억양으로 한꺼번에 바삐 물었다. 그의 대답은 의외였다. 며칠이나 방구석에 처박힌 목소리로 눈물은커녕 발만 아팠다고 대꾸했다. 오히려 다녀온 뒤 자존감에 대한 책만 쌓아놓고 읽는다고 했다. 나는 그날 늦도록 그가 전해준 일등성 별자리, 시리우스의 전설을 추위에 떨며 들어야 했다. 술기운이 없었다면 버티지 못했으리라. 그는 경제적 안정은 얻었지만, 사람들에게 다쳐 지친 듯했다. 제주에 혼자 내려와 게스트하우스를 운영한 그에게 사람이란 낯선 이방인, 시중들 손님, 가깝고도 먼 경쟁자였을 것이다. 역발상이 어째서 내가 몸담은 광고계에서나 쓸 말이던가. 나는 그에게 이번엔 다시 서울로 거처를 옮겨 대학원이라도 다니며 같은 또래의 동료들이 어떻게 사는지도 보고 새로운 인연이 찾아올 기회를 주는 것은 어떠냐고 제안했다. 그는 내 제안에 감동한 듯 술잔을 들이키며 내 말에 통찰력이 있다는 총평을 남겼다. 일이 이쯤 되자 나는 남은 숙제를 마치기로 했다. 바리스타 김종대 형에게 전화한 것이다.

대학 시절 광고동아리에서 만난 형은 차분과 광분의 분위기를 조석으로 넘나드는 열정적 화술로 우리를 사로잡았다. 10년 전쯤 광고 대행사의 카피라이터로 이름을 떨치던 형에게 갑자기 뇌경색이 찾아왔고, 형은 미련 없이 제주행을 결정했다. 그는

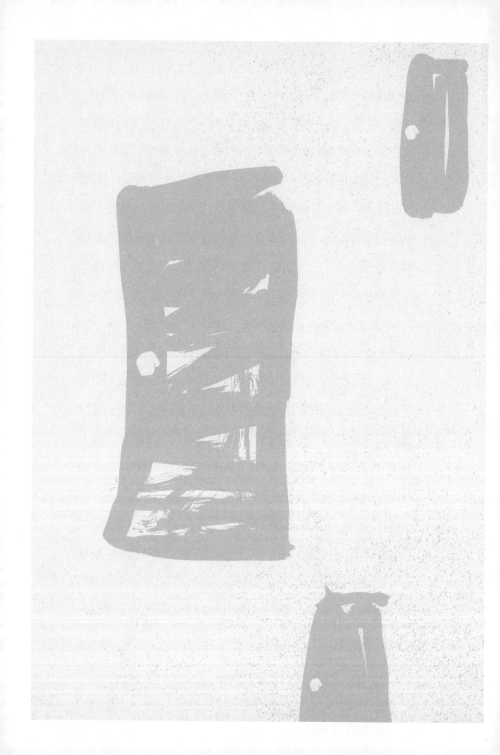

레드브라운이라는 카페를 열었다. 형은 챙이 없는 헌팅캡이 잘 어울렸는데 원두라고 하기엔 너무 미안해서 연두라고 이름을 지어준 강아지와 함께 살았다. 편의점에서 사온 변변치 않은 안주로 꽤 많은 술을 마셨다고 기억하는데, 다음 날 내 안부 전화에 "뭘 얼마나 마셨다고. 다음엔 명태찜에다 제대로 마시자"라고 했다. 형은 벚꽃 길 위로 스쿠터를 타고 출근하는 그곳의 삶이 행복하다고 했는데, 그건 진짜인 것 같았다.

바람이 부는 제주의 곳곳마다 사람이 있었다. 그들은 모두 다른 공간에서 다른 사연을 갖고 살지만, 우리가 마음만 먹는다면 어느 날 모두 모여 빛바랜 탁자 위에 막걸리라도 한잔 올려놓고 저마다 행복에 관해 두런두런 이야기를 나눠볼 수도 있으리라. 사람이란 그렇게 모두 연결되어 있다. 누구는 여행이 자기로부터 멀리 떨어져서 자기를 바라보는 것이라고 했다. 나는 그들에게 어떤 모습으로 비추어졌던 것일까?

없는 듯
있는 듯한 사람

　꼬막으로 유명한 여자만의 도시 순천을 여행했다. 숙소는 반월리 내리마을 마당 너른 집이었는데, 한복의 명인 김혜순 선생의 자택이었다. 마루의 중앙 위쪽으로 없음을 낚는 곳이란 뜻의 '어무재'라는 현판이 걸려 있었는데, 도올 김용옥 선생이 직접 짓고 쓰셨다고 한다. 마루에 앉아서도 수평선이 보였는데, 중앙의 격변을 모르는 채 조용하고 잔잔했다.

　공기와 풍광이 그만이어서 1박 2일 동안 틈만 나면 바닷가 시골길을 따라 산책했는데, 잔물결 위로 스며든 하늘빛이 시시각각 달랐다. 지천으로 널린 냉이를 따서 국을 끓여 먹었고, 담장에 매달린 감을 따서 깎아 먹었다. 푸근하고도 고즈넉한 남도 여행이었다.

　학기가 끝나가고 취업난에 시달리는 요즘, 권태와 피곤함에

근심까지 더해진 일상 때문에 심해로 가라앉는 듯한 무력감에 시달렸다. 그러나 여자만의 갯벌 안쪽으로 밀려드는 물결과 밖으로 펼쳐진 섬들은 무심하게도 그대로였다. 오히려 일몰의 수평선은 바다와 하늘의 경계가 흐릿해서 하나로 보였고 그래서 눈부셨다. 그 순간 그 모습은 마치 우리의 운명은 어쩔 수 없이 하나라고, 우리는 한통속인데도 대체 누가 누구를 비난할 수 있느냐고 말하는 듯했다. 이 땅에 사는 사람 모두는 오늘의 사태에 대해 서로 비난할 수만은 없는 시간과 역사의 공동운명체다. 그리고 우리는 앞으로 나아가야 한다. 우리는 세끼의 밥을 먹을 것이고 12번의 달력을 넘길 것이며 365번의 새날을 맞아야 한다. 냉정하게 돌아보고 다시 원칙을 세워 전화위복의 계기로 만들어야 한다.

저녁 식사 후 김혜순 선생이 일행에게 들려준 말이 가슴에 와닿았다. "저는 평생 없는 듯해도 있는 사람이 되고 싶었습니다. 그러다 보면 있는 듯해도 없는 사람이 되겠지요." 한 땀 한 땀의 바느질로 우리 한복의 멋을 알리는 데 평생을 바친 명인다운 인생관이었다. 없는 듯해도 있는 사람, 빈자리가 크고 늘 그리운 사람일 것이다. 매사를 빈틈없이 처리하면서도 겸손함을 잃지 않는 사람일 것이다. 더더욱 없어도 있는 것 같은 사람이라면, 그런 지도자라면, 언제고 어디서고 정신적인 주춧돌이 되어 모두를 하나로 만드는 사람일 것이다. 낮고 조용한 목소리로 흔들림 없는 내면의 진정성을 용기 있게 보여줄 시대의 선각자는 언제 어떤 모습으로 나타날 것인가? 이번에는 그 사람을 제대로 가려낼 수 있을 것인가? 연말이 다가오고 있다. 다음을 준비해야 할 시간이 오고 있다.

알랭 드 보통은 여행을 생각의 산파라고 했다. 산책은 늘 다니던 길이기에 자신의 생각을 깊게 헤아리고 다듬는 과정이다. 꼬리를 무는 생각이란 이때 발생한다. 자신의 생각이 깊어지는 분석과 추론의 과정을 걷는 것이다. 반면 여행은 새로운 사건과 사람을 만나는 변화의 여정이다. 낯선 데이터나 정보는 기존의 생각과 서로 섞이고 연결되어 새로운 관점을 탄생시킨다. 자신만의 해석력으로 연상의 과정을 거친다. 산책을 통해 길을 고르고 여행을 통해 새로운 지도를 만든다. 버스나 지하철에서 내려 매일 집으로 가는 길과 시간과 돈을 들여 먼 곳으로 떠나는 여정은 그렇게 다른 것이다. 이번 남도 여행에서는 우리를 이끌어줄 선각자의 자격을 발견했다. 있는 듯해도 없는 사람, 없는 듯해도 있는 사람이 그런 사람이다. 보이지 않는데도 자리를 비웠는데도 존재감이 느껴지는 사람, 단단한 알맹이를 지녔으면서도 겸손함을 간직한 사람이다.

벽이 문이 되는 순간

무림의
고수

봄은 윤회의 계절이다. 우리는 나이만큼 봄을 맞는다. 봄에 우리는 다시 시작하며 새 출발의 의지를 다진다. 겨우내 얼어붙은 몸과 마음은 새로운 풍경 속에서 위로받는다. 따뜻하고 평온한 날, 아산으로 향하는 버스에 올랐다. 현충사와 외암리민속마을 등을 거치는 여행에 나섰다. 여행 중 이명래 고약을 만든 분이 천주교 신자였고, 현충사에 살던 5마리의 고라니 중 몇 마리가 들개 때문에 사라졌다는 이야기는 흥미로웠다. 더 인상 깊었던 것은 버스 가이드가 들려준 이야기였다.

가이드인 선무교 선생은 안전교육사 자격증을 갖고 있었다. 학생들의 단체 관광에 주로 많이 동행한다고 했다. 버스 안에서 그는 틈만 나면 안전에 대한 상식을 들려주었다.

긴급 사고를 대비해서 버스 안에 마련된 망치는 4개, 소화기는 2개다. 망치는 탈출 시 유리를 깨는 데 사용하는데, 중심부가 아닌 창가 쪽을 가격해야 한다. 중앙은 탄성 때문에 소용이 없다. 만약 망치가 안 보여 소화기를 찾아 유리창을 깨뜨리려 한다면, 낭패를 볼 것이다. 균열이 일어나야 창문이 깨진다. 따라서 날카로운 쇠붙이, 동전이나 허리띠의 버클로 창가 쪽을 가격해야 한다. 안전벨트는 가슴이나 복부가 아닌 엉덩이 쪽으로 내려 매야 한다. 80~90km로 달리는 버스가 충돌할 때 그 충격은 150km에 달한다. 이 충격을 견디는 것은 골반뼈밖에 없다. 가슴뼈나 복부의 장기는 견디지 못한다. 노인이 체했을 때는 뒤에서 깍지를 끼고 명치 부근을 강하게 압박해야 한다. 인공호흡의 중심부가 명치다. 1분당 30회, 그러니까 3분에서 5분 사이 90회에서 150회 정도 명치 부근을 양 손바닥으로 쉴 새 없이 눌러주어야 한다. 그 시간은 질식을 벗어나는 시간이다. 늦으면 공기가 공급되지 않아 정상적인 뇌의 기능을 기대하기 어렵다. 잊지 말아야 할 것은 응급 처치와 동시에 119를 부르는 일이다. 119가 신고를 받고 출동하는 시간도 3분에서 5분 그 사이다.

가이드가 들려준 이야기는 평소 내가 느끼던 갈증과 정확히 맞닿아 있었다. 학교나 기업에서 입이 닳도록 창의력과 인문학 강의를 하면서도, 내 이야기가 그들의 삶에 구체적인 솔루션이

벽이 문이 되는 순간

될 수 있을지 조바심이 났기 때문이다.

손가락을 들어 집을 그려보라. 둥근 지붕부터 그렸다면, 어린 시절부터 미술 시간에 그린 습관 그대로다. 실제로 집을 짓는 건축가가 그리는 집은 다르다. 그는 주춧돌부터 그리기 시작한다. 그다음에 마루를 그리고 기둥을 세우고 지붕은 마지막이다. 그는 실제로 집을 지어본 사람이기 때문이다.

우리의 삶이 작동하는 현장은 책이 아니라 생활이다. 고정불변의 이론이 작용하는 세계가 아니라 변화무쌍한 사건들이 작동하는 곳이다. 학문의 기능은 삶의 현장에서 그 구체적인 능력을 발휘될 때 의미가 커진다. 21세기의 교육은 관념적 이론의 틀에서 벗어나 실용성과 현장성을 바탕으로 소비자의 삶의 개선을 향해 한발 더 들어가야 한다. 무림의 고수는 현장에 있다.

폭염이 남긴
블루오션

최인아 선배(전 제일기획 부사장)가 책방을 열었다. 선정릉 근처의 '최인아책방.' 책방 오픈 날은 문전성시를 이뤘다. 내가 추천한 책들도 서가의 한 귀퉁이를 차지했는데, 흔한 책방의 모습은 아니었다. 책방의 모습을 소개하면 이렇다.

우선 2층까지 탁 트인 구조의 이국적 공간감이 눈길을 끈다. 한쪽에 커피와 차를 품위 있게 마실 수 있는 테이블과 편안한 의자들이 준비되어 있었다. 그 맞은편에는 벽 한쪽 상단을 스크린으로 활용해서 인문 강좌를 열 수 있는 첨단 시설이 마련되어 있다. 3면의 높다란 벽과 중앙 통로에는 책 좀 읽는다는 인사들이 추천한 책들로 꽉 채워져 있었다. 홀의 정면 앞쪽의 피아노는 책의 향기를 더해 줄 근사한 미장센이었는데, 종종 피아니스트들을 초청해 연주도 한다니 단지 연출 소품만은 아니다. 책으로 빽

벽이 문이 되는 순간

빽하게 정렬된 도서관이 아닌 인문의 플랫폼 같은 풍모를 지녔다. 먹고사는 문제를 떠난다면 더할 나위 없이 그분다운 선택이다. 그러나 책이 팔리지 않는 시대에 도대체 그 선배는 무엇을 보고 이런 책방을 열었을까?

책방에 앉아 커피 향을 맡으며 문득 며칠 전 휴가철을 맞아 친구들과 함께 들른 팔당대교 부근의 커피숍 테라로사가 떠올랐다. 그곳은 원래 강릉에서 시작했지만, 지금은 경기도뿐만 아니라 여의도나 강남 등 서울 곳곳에 들어서 있는 커피숍의 명소다. 테라로사의 특징도 탁 트인 공간감이 주는 이국적인 분위기다. 캘리포니아 농장 근처에 있는 커피숍 그대로 느낌이랄까? 익숙하지만 다양한 느낌의 목가구들이 넓고 높은 실내 공간과 만나 커피 원산지 본토의 공장에서 마치 시음회를 하는 듯한 편안하고 자연스러운 느낌이 연출되었다. 반바지나 폴로 티셔츠를 입고 드나들어도 되는 분위기였다. 연인이나 모임을 하는 중년들 외에도 아이들과 부부가 함께 찾는 가족 단위 손님들도 많았다. 텔레비전 앞에 앉아 무료하게 시간을 보내거나 마트의 시식 코너를 기웃거릴 사람들이 차를 몰고 이곳에 와서 간단한 식사를 하고, 대화를 나누거나 휴대폰을 만지작거리는 것이다. 혹시 최 선배는 이곳에서 영감을 얻은 것은 아닐까? 커피 향내 그

옥한 쾌적하고 여유로운 공간에서 한발 더 나가 책까지, 강의나 공연까지 보여주고 들려주고 싶었던 것은 아닐까? 그래서 결국 '문화가 있는 테라로사'를 꿈꾼 건 아니었을까?

최근 커피 전문점의 매출이 급증했다고 한다. 뜨겁게 내리쬐는 햇빛을 피해 카페를 찾아 시간을 보내는 발걸음이 많았다는 이야기다. 뜨거운 여름 안락한 카페에서 차를 마시며 책을 읽는 것이 돈 안 드는 양질의 휴가법임을 깨닫는다면, 최 선배의 세상 읽기는 순풍에 돛을 단 것이리라. 산으로 해변으로 가서 악을 쓰고 쓰레기와 피로를 재생산해내는 바캉스보다야 단연코 근사한 문화 현상을 만들어낸 것이다. 최인아책방이 디지털의 경박과 감정노동의 피로에서 벗어나 사색과 인문의 공간이 되길 기원한다. 물론 내년에도 올해와 같은 폭염이 다시 찾아올 것이라고는 예상할 수도 없고 예상하기도 싫지만.

벽이 문이 되는 순간

5월에 기억해야 할 사람들

　"행복을 위해 행복한 사람 곁으로 가라." 서울대학교 최인철 교수의 말이다. 그래서 5월은 행복을 몸으로 확인하고 감수하는 달이다. 녹음이 생동하는 계절, 우리는 살아가며 맺어온 불가분의 인연들, 아이와 스승과 부모의 곁으로 달려가 얼굴을 마주하고 존재의 뿌리와 행복의 원천을 되새긴다. 스마트폰 영상으로 안부를 묻거나 기프티콘 선물로 마음을 대신 전할 수도 있지만, 5월의 그날이 빨간색으로 선명하게 박혀 있는 까닭은 분명하다. 그 사람들과 같은 시공간에서 감사의 마음을 나누고 행복감을 몸으로 느끼라는 것이다. 감정의 공유가 기억을 만들고 시간이 지나도 변치 않는 추억으로 남아 우리의 인생이 된다. 온몸으로 세상을 마주하고 껴안고 살아간 자만이 다시 돌아갈 때 소풍 같은 날들이었고, 아름다운 세상이었다고 말할 수 있으리라.

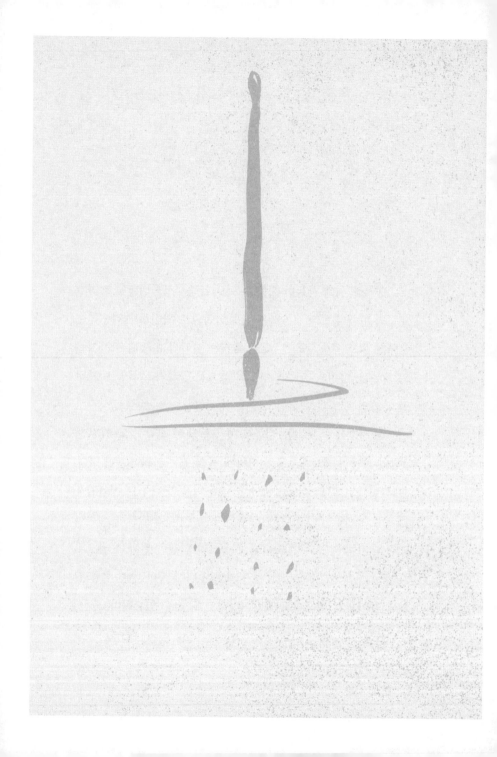

제일기획 시절 만든 고속철도 코레일의 광고는 점차 희미해지는 효심에 대한 생각을 담은 작품이다. 명절을 맞아 자식의 귀향을 기다리는 시골집 엄마의 섭섭한 모습과 일이 바쁘다고, 아이가 아프다고, 갑자기 어디를 가야 한다고 전화를 끊는 자식들의 미안한 모습이 교차한다. 핑계이기에 나오는 표정들이다. 그런 자식들의 얼굴 위로 "그리운 마음이 시속 300㎞로 달려갑니다. 당신을 보내세요"라는 카피가 나오고 반갑게 맞이하는 엄마의 모습으로 광고가 마무리된다. 서울에서 부산까지 2시간 남짓밖에 걸리지 않는 KTX가 있으니 타고 가서 당신의 모습을 직접 보여 드리라는 것이다. 명절날 부모님이 가장 기대하는 선물이 용돈이라는데, 그 용돈이 그저 통장으로 부쳐주는 돈이라고 해도 부모님이 그렇게 대답했을까? 그리운 사람들이야말로 직접 만나야 한다는 것은 어떤 의미일까?

역설적이지만 정채봉 시인의 「엄마가 휴가를 나온다면」이란 시 속에 그 대답이 있다. 하늘에 계시는 엄마가 잠깐이라도 휴가를 얻어 나온다면, 얼른 엄마 품속에 들어가 눈 맞춤을 하고 젖가슴을 만지고 억울했던 일 한 가지를 일러바치고 엉엉 울겠다는 내용의 시다. 정말 소중한 것들은 사라진 후에야 그 소중함이 드러난다. 시 속의 울음은 시인이 그의 부모가 살아계실 때 눈을 맞추며 조곤조곤한 어투로 말동무가 되어드리지 못한 것을 뼈저리게 후회하는 시인의 울음이다. 필자도 16년 전 부모를 동시에 여위었는데, 돌아가신 지 얼마 동안은 한 번쯤은 이 세상에서 만날 수 있을지 모른다는 어리석은 환각 속에 살았다. 부모의 존재란 그가 저승으로 사라져 이승에서 만날 방법이 사라져버릴 때 비로소 한스럽게 다가오는 걸까?

가족이나 스승은 아니지만 우리가 기억해야 할 또 한 사람이 있다. LG그룹 구본무 회장이다. 고인은 장례식을 수목 가족장으로 간소하게 치르라는 유언을 남겼다. 그는 격식을 싫어했던 소탈한 성품, 정도와 상생의 모범적 경영, 후대를 위한 다양한 공익사업으로 존경받는 기업인이었다. 그러나 내가 기억하고 싶은 그분의 면모는 다른 것이다. 그분은 평소 중간 가격대의 술을 드셨다고 한다. 너무 싼 술은 위선이고, 너무 비싼 술은 도리가 아니기 때문이라는 것이다. 그는 지킬 만큼의 말과 뱉은 말을 행동으로 보여주는 언행일치의 리더였다. 아마 오늘도 고개를 수그리고 면피용 발언을 일삼거나 고개를 치켜들고 철면피를 과시하는 자들이 대형 텔레비전 화면을 장식할 것이다. 나는 그들에게 솔선수범을 들먹이거나 노블레스 오블리주를 강요할 생각이 없다. 다만 지킬 수 있는 말과 말한 것을 지키는 모습은 앞에서

벽이 문이 되는 순간

이끄는 자가 갖춰야 할 가장 기본적인 덕목이라고 전하고 싶다. 초등학교에 갓 입학한 아이들처럼 그 말을 명찰에 새겨 그들의 가슴에 단단하게 매달아주고 싶은 것이다.

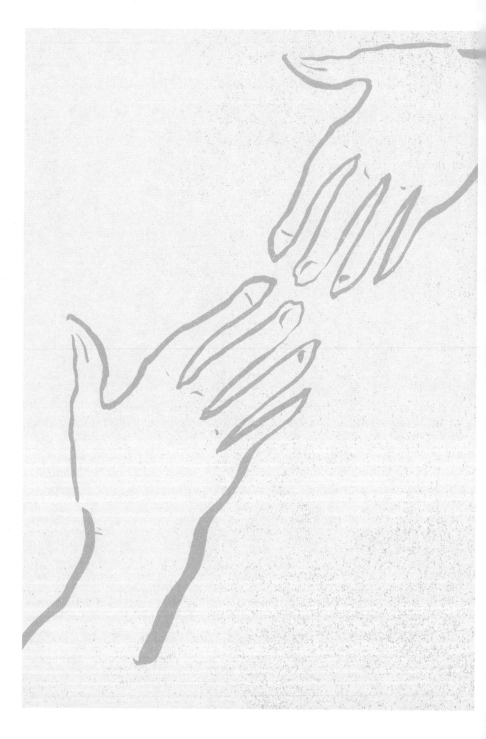